銀河叢書

暢気な電報

木山捷平

幻戯書房

目次

I

暢気な電報

装丁　緒方修一

I

カニの横ばい

第一話　串かつキッスの巻

去る十二月六日の夕刊に次のような書き出しの記事がでたのを読者の皆さんはまだ覚えて居られることであろう。

『六日午前九時ごろ、東京都世田谷区新町一ノ三四ノ一九東映フライヤーズ合宿所「無私寮」の別館自室四畳半で同チームのピッチングコーチ筒井敬三さん（三五）がガス中毒しているのを炊事婦の内藤モモヨさん（三九）が見つけ、玉川署に届け出た。調べでは、筒井コーチは先月末、家族を和歌山市和歌浦に残して合宿練習のため上京、同宿舎東側の離れにひとり住んでいた。この朝、兄弟から筒井さんあてに電話がかかり、炊事婦が起こしに行ったが、部屋は内側からカギでとざされガスもれがするので合宿の選手たちに知らせた、みんなで部屋の戸をこじ開けたところ、炊事用のガスコンロが湯わかしをのせたまま、ガスが吹き出し、筒井さんはふとんの中で死んでいた。以下略』

この記事をよみながら、実は私は思いだしたことがある。

丁度、十年前の十二月の何日かに、私たちあるグループが文学同人会に名をかりて忘年会をやった。例によって会は六時頃からはじまって、九時頃にはお開きになる。それから二次会、三次会とやって、当時住む家がないため、いわゆる疎開やもめ暮しをしていた私が郊外の借間に帰ってきたのは、夜中の一時半というよりも二時前後であったように思う。

あくる日の朝、ふと私が目をさますと、部屋の中一杯が、真赤になって燃えていたのだ。

「火事だ！」

と私は声に出しては叫ばないで、ガバとはね起きた。

次の一瞬、私は私の机の上が燃えているのに気づいた。机の上においてある電気コンロの鍋がもえていたのだ。

「すわ、大変」

私は声に出しては叫ばないで、電気のスイッチをひねった。声に出して、階下の家主に知られては、またまた追い出しの口実が一つふえるばかりだからである。

けれどもスイッチはひねっても鍋の火事は容易にとまりそうになかった。ふッと気付いて、部屋の隅においてあるバケツをひっさげて来て、ザアッとぶちあけると、白い煙がもうもうと立ち上って、火事はやっとおさまった。

私はその時になってはじめて、全身、ぞッとするような戦慄を覚えた。雨戸を一枚分だけあけて、部屋にたちこめた煙を外に出していると、両の膝小僧ががたがた震えた。

時刻はわからなかったが、ちかごろやっと東京の場末に復活した納豆売りの呼声が、遠くできこえていたから、およそのところ六時前後であったろうか。

なんにせよ、寒くてたまらないので、私は寝床のなかにもぐりこむと、軀をえびのように曲げて、昨夜からの一部始終を頭の中で追ってみた。

しかし記憶はとぎれとぎれで、アイマイ・モコ、摑みどころがなかった。が、肝心な火事の原因だけは割合にはっきりと思い出された。

つまり前の晩、およそ一時半頃に戻ってきた私は、腹がへっていたので、飯がたべたくなったのである。それでアルミの鍋のふたを取ってみると、飯は茶碗に三、四杯分あったので、そいつを茶漬にして平げようと、火鉢の薬缶の腹に手をあててみたところ、薬缶の湯は氷のように冷たくなっていたのである。

四十をすぎた一人男が、外から戻った時火鉢の火が消えているほど侘びしいものはないから、私はいつも火鉢の火は大事に灰に埋《い》けて外出することにしていたのであるが、この日は帰りがおそくなると思って、新しい炭を沢山つぎ添えて出たのが、却ってアダになって、火は消えてしまっていたのである。

水茶漬をくうのは何となく癪《しやく》なので、私は雑炊をつくることにきめた。そうきめるとあたりを見回して籠の中から大根の切れ残りを見つけて、チョン、チョン、チョンとミジンに刻んだ。ミジンに刻んでおかなければ、大根という野菜は外見に似合わず、煮えが甚だよくないからである。

それでミジンに刻み終ると、そのミジン切りの大根を飯鍋に、山もりに打ち込み、ざあっと水を注ぎ込んで、電気コンロの上にのせ、

「やれやれ。ではちょっと、十分か、十五分」

と見当をつけて、万年床の上に横になったのであるが、気がついた時は、なんとそれから五時間の時間が、まるで夢のように過ぎ去っていたという次第なのである。

まあまあ、発見がもう一時間おくれていたら、どんな一大事が起きていたかも知れないと思うと、私はやっと安心のようなものが胸にこみあげて、こんどは本式に寝入って行った。

うつらうつら、どれ位ねむった時であったろうか。

「日山さん、いらっしゃいます?」

障子のそとの階段の躍り場のあたりから女の声がきこえた。裏隣りの家に間借りしている、駐留軍の門番か倉庫番かのようなことをしている大村仁太郎の細君の声にちがいなかった。

仁太郎はもう五十五六才の初老で、以前は都の役人をしていたのだそうだが、戦争中軍需会社に身分を鞍替えしたため、軍需会社はつぶれても、都への復帰は先方が受け入れてくれないのだそうである。その代りと云っては語弊になるが、仁太郎はまだ三十を出たか出ないかの若い細君を持っているのである。

「はあ。おります。どうぞ……」

と私が返事をすると、するっと障子があいて、仁太郎の細君が姿をあらわし、

「あら、まだおやすみでしたんですか」

とびっくりしたように云った。

「いや、ぼくはいつも、こうなんです。万年床なんかしいてて、汚ならしくてすみませんが、どうぞ空いている所にお坐りください」

私がふとんの上におきあがると、

「あの、昨夜はお土産を、どうもありがとうございました。これ、別にお返しっていうんじゃないんですけれど」

細君はこう云って、外国産の煙草を二個、机の上の端においた。

「いやあ、それは、どうも」

と云いながら、私はおぼろげながら、昨夜の記憶がよみがえってきた。

昨夜、新宿で最後に飲んだ焼きとり屋で、私は焼鳥を十本ばかり竹の皮に包ませたのである。どういう動機であったか判然とはしないが、自分の食事のおかずにしようと思ったのが、当らずと雖《いえど》も遠からずという所だった。だのに、家まで辿りつくと、私はふと気がかわって、仁太郎の細君をたたきおこして、進上してしまったのである。酔っぱらいのカンのよさで、この夜は仁太郎が宿直当番なのをさぐり当ててのことかも知れなかった。

記憶を反芻《はんすう》していると、

「あの、串かつキッスなさったの、覚えていらっしゃいます？」

と細君が障子のねきに坐ったまま云った。

「いやア、そう云われれば……ああ、……そうでしたな」

私は頭をかいてみせた。

昨夜、新宿の焼鳥屋で、私はどこかの見知らぬ女が焼とりを食べている姿に、ある種の魅力を覚えた。赤い口紅のなかの白歯に、竹の串を斜にはさんで、きゅっと顔を横にふるようにして肉をしごく動作に、言うてみるならば何ともいえない性的魅力を覚えたのである。それが印象的だったので、仁太郎の細君に焼鳥を進上した私は、さっそく彼女にも実演をせまったもののようであった。

「おくさん、自慢じゃないが、まあ、一口たべてごらんなさい。この店の焼鳥は特別うまいんだ。そう、そう、その要領だね。おいしいでしょう。では、こんどはぼくが頂きましょう。こんなに、一口ずつ代りばんこに食うの、串かつキッスというんですって。じゃ、だからこんどは奥さんの番」

てな工合で、私は焼鳥十本ばかりの中、二本だったか奥さんと串かつキッスをして悦に入ったもののようであった。

シラフの時なら穴でもあれば入りたいようなことだが、しかしその時シラフだった筈の奥さんは、別におこってはいないようであった。おこるどころか、外国煙草を二つも持って来てくれたのである。

「奥さん、奥さんは耳の掃除、お上手ですか」

と私は手持無沙汰をはらいのけるようにいった。

「上手ってこともありませんけど、お掃除してあげましょか」

「それは願ったりかなったりですな。カンタンで結構だから、一つ大きな奴が右の耳でごろごろしているのを、出してくれませんか」

「耳かき、ございます？」

「ああ、耳かきは、その机の上の筆立の中にあります。

奥さんは立ちあがった。立ち上る時、気づいたが、奥さんは今日は新調の真白いエプロンをしているのが、いつもより以上に魅力的だった。

「ちょっと、少し、こちらに向いてください。お大事なお耳、傷でもつけたら大へんですから」

奥さんは私の両のこめかみを両手ではさんで、十五度ばかり左に回した。それから右の膝を私の右の腿のあたりにぴったりつけて、耳の掃除にとりかかった。

「奥さん」と私は小声でいった。あまり大きな声を出しては、耳の穴が動くかも知れないからであった。

「はい」と奥さんも小声でいった。

「奥さんは大砲、ごぞんじでしょう」

「はい」

「あの大砲でおもしろいことがあるんです。実はぼくも戦争中、新聞だったか雑誌だったかで読んで知ったんですが、あの大砲をうつと弾丸《たま》がとんで出るでしょう」

「見たことはありませんけれど」

「冗談じゃない。弾丸が出るのは誰にも見えませんよ。弾丸の速度というのは、ものすごく速いんですから」

「それはそうですわ。でも、向うに着いて、パンとはじけた所は見えますわ。わたし、空襲の時、何度もみました」

「ところで、あの大砲の弾丸の通る所を何と云いましたっけ」

「さあ、弾道かしら」

「いや、空気の中のことでなくて、大砲自身の中にある穴の部分」

「さあ」

「砲身というんじゃなかったかなあ。ぼくも名前は忘れてしまったが、竹筒のようになったあの部分です。あの部分の寿命が時間にしてどの位あると思いますか」

「さあ、よく分りませんわ。五年か十年かしら。それとも、もっと長くて十五年位かしら」

「ところが、そんなには持たないんです」

「では一年くらい？」

と云ってから彼女は、

「あの、これで右の耳はすみましたから、軀の向きを替えて頂けません。ぐるっと一回転」

言葉と一緒に彼女は私の両肩をつかむようにして、私の体を百八十度回転させた。私が彼女の意志に従ったからでもあったが、彼女の方でもこんどは位置をかえた。耳かきは右の手にもつので、彼女はこんどは私と向い合った恰好にならなければならなかった。いきおい、彼女の左の膝が私の股の間にはまり込んだ。

私はその接触感を気にしながら、

「いや、一年なんて、とても持たんのです。さっきはぼくの言い方がまずかったかも知れませんが」と話をつづけた。「つまり、弾丸がどかんと発射されてから、その弾丸が大砲の穴の中を通過する時間は、極めて僅かな時間なんです。数字は忘れましたが、何万分の一秒とか、何億万分の一秒というような、顕微鏡で見てさえ見えないような時間なんだそうです。それですから、大砲は何千発か何万発かうつと寿命がなくなるんだそうですが、で、大砲の玉が大砲の穴を通る時の時間を総計すると、大砲の穴の寿命は六秒とか七秒とか、なんでもそれ位の時間なんだそうです」

「まあ」と彼女は声をたてた。「そんなに短い寿命なんですか」

「まるッきり、ウソみたいな話でしょう。だけどこれが事実なんだそうです。そうすればですね、人間は大砲のような鉱物でなく、もっと高尚な血のかよった動物なんですから、大砲以上に穴や筒を大事にせねばならんし、また有効に使わなければならん、という理屈がおのずから出てくるわけなんです」

「仇やおろそかにしては、バチが当りますんですね」

「そうですとも。仇やおろそかにしておいては、神様に申訳がありませんよ」

こう断言するように云った時、彼女の指先のうごきがふと停った。彼女は何か考えている風であった。が、次の一瞬、深い溜息のようなものを私の頭にふきかけたかと思うと、溜息ははあはあはげしい息使いにかわって、彼女はもはや前後の理性も忘れたかのように私の首に抱きついて、左の膝を私の股の間でもがいた。

「ねえ、日山さん」

と彼女はやっと一声、声に出して欲求不満の解消をもとめた。

で、私も遅蒔きながらそのような気になった途端だった。

「オカアチャン、電チ屋さん、チタヨ。早く払ってやりな」

階段の下から、彼女とそして仁太郎との愛の結晶であるところの五才のボウズの甲高い声が聞えた。

彼女は反射的に、私からはなれた。

離れた時の彼女の顔は真赤な血に染まっていたようであったが、離れた途端、彼女は私の机の上にあった黒こげ鍋をひったくるようにつかんで、どん、どん、どん、と足音高く階下におりていった。

拍子ぬけした私は、電気コンロの上に炭をのっけて火をおこした。

火がおきると、次に私はお湯をわかして、にがいお茶をのんでみた。

が、それでも拍子抜けはおさまろうとしなかった。ふと、一升びんの底に焼酎が二合ばかり残っていたのを思い出し、サカナもなしにちびりちびりやっているうち、やっと気持が平常に戻った。

およそ三十分ばかりすぎた時、私は外の方から何かへんな音がするのがきこえた。

なんだろうかと不審に思って、窓からのぞいてみると、共同井戸の井戸端にしゃがんで、彼女が私の黒こげ鍋をみがいているのが目にとまった。

みがきながら彼女は左を見たり右を見たりしているのが、なんだか泥棒猫が魚をくわえて逃げて、あたりを左見右見《とみこうみ》している時の動作を連想させた。

ガリガリガリ

ガリガリガリ

こすっているのは軽石のようで、彼女は一所懸命からだごと拍子をとって、お尻も腰も、パーマの頭もぐさぐさ揺れうごくのが印象的であった。

第二話　サンキュー・ベリー・マッチ

その時（第一話）より、三、四ヵ月前のことである。

なんでも時候は九月の終りか、十月のはじめ頃の、バカに天気のいい日だった。私が付近の畑道を散歩していると、向うから一台の荷車がやってきた。道は畑の中のかなり大きな三間道路だが、夏草や赤のまんまなどがおいしげり、交通量は殆んどないような道だった。

私は何か考えごとをしていた。キザをしのんで書けば、短篇小説の構想でもたてていたのかも知れなかった。いや、立てようとは思うが、立たないで困っていたのかも知れなかった。さっきから吸っていた煙草の火が消えかけた。火が消えると、もうマッチの棒はさっきの煙草の火をつける時、一度に五六本もつかってしまったので、あとには一本も残っていなかった。

私は大あわてにあわてて、袂《たもと》のなかから煙草を取り出し、煙草から煙草に火を点じた。

ところが、丁度その時、荷車とすれちがったのである。

ふと見ると、車の上に長方形の木の箱、——つまり、チリンチリンがよくつけてくるあれである——のなかには、紙くずが一杯につまっているのが見えた。誰がみてもそう思うとおり、それは屑屋さんに違いなかった。

その屑屋さんの屑箱のなかに、

——ポン
と、私は煙草の空箱をなげいれた。なぜなら、いま、火をつけた煙草を最後にして、煙草の箱はカラになったからである。

まだ物資の不足時代だから、たとえ一箱の煙草の空箱にせよ、妙な言い方をすれば、これは世のため人のためだと私は考えたのである。

ところが私が、ポンと投げいれると同時に、車がぱたりととまって、

「バカ」屑屋がどなりつけた。

びっくりして私がそちらをふり向くと、その屑屋は十八九歳ばかりの朝鮮人のようであった。

「いやア、どうも失礼」と私は云った。「いま、丁度、煙草の箱がカラになったもんで、つい、その……」

と石ころなんか投げいれたのでない旨を説明しようとすると、

「何？　何だと？」と相手は歯をむいてつっかかって来た。

「いや、ぼくは、なにもへんなものを入れたんじゃないんだ。気にさわったらカンベンしてくれ。ぼくが余計なことをしたのが悪かったんだ」

「悪いと知りながら、なぜ余計なことをするか。アーン」

「いや、とにかくぼくが悪かったんだ。どうかカンベンしてくれ」

「なんだ？　まだ、ぼさくさ、ぼやくか。チッキショウ」

青年は怒りがおさまらないかのように、梶棒を地べたにおくと、どこにかくしてあったのか、三四尺もある鉄棒をひっつかんで、私に向って突進してきた。その怒りに満ちた前後の見境もない心境は、実際に私ののど笛を突きさせねば我慢ができないようなすさまじさだった。

こうなれば撃剣の心得もなく、手に無一物の私は、逃げるという戦術にでるよりほかなかった。

下駄をぬぐヒマもなく、私は逃げに逃げて、やっと人家のある四つ角までたどりついて、やれやれと一安心したのである。

しかし自分の部屋に帰ってきても、私は気がおちつかなかった。なんとなく、さっきの青年が、私の居場所を捜しだして、やって来るのではないかといったような不安は、容易に去ろうとはしなかった。

やむを得ず、くたびれ休めと不安退治と両方かねて、私は焼酎をのみはじめた。あぶらげをサカナにして、一杯やっていると、少しずつ不安がとれてきた。するとさっきの青年はどこかで見かけたような気がしてきた。そしてあれこれ考えているうち、むろん他人の空似には違いないが、ある一人の朝鮮の若者のことが頭にうかんできた。

時は、昭和二十年の六月か七月かのことである。

私はその頃満洲国の新京（いまの長春）にいて、某公社の嘱託をしていたが、嘱託料はたいへんやすかったので、一杯やろうと思えば、国民酒場のようなところへ行くよりほかなかった。

最初人に教えてもらったので、私が開拓したのではなかったが、新京駅前にDというホテルがあって、そこのロビーにくっついた喫茶部のようなところで毎晩五時になると白酒《パイチュウ》を売りだした。コップ一杯がいくらであったろう。念のために、私はいまそこで毎晩のように出あった友人に、電話をかけてきいてみたが、彼もおぼえていないと云う。

さてその日、私が南新京の宿舎をでて、距離にすれば凡そ一里くらいある道程を市電にのって、新京駅前の終点についたのは、だいたいにおいて四時五十分ごろだった。

私が車掌にキップをわたして電車からおりるのと殆んど同時に、満人の車掌が電車からと

びおりて、一人の朝鮮人の腕をつかまえ、

「キップを出しなさい。キップを……」

と催促すると、

「出したよ。いま、出したよ」

と朝鮮人が云ったようであった。

ときどき何処の国にもある無賃乗車だから、私はたいして気にもとめず、酒場の方に心は急いだ。

が、なにか少し気にかかるものがあって、後をふりかえると、車掌にかわって日本の陸軍将校が、朝鮮人の衿首をつかんでいるのが見えた。

私は胸がむかむかッとしてきた。

一口に云えば、私はそのころ将校と名のつくものに反感を抱いていたのであるが、反感は二の次にしても、なんの故を以て将校が「無賃乗車」にまでのさばり出すのか、わけがわからなかった。碁の術語で云えば、筋違いではないか。

私は一種の正義心にかられて、後にひきかえそうとすると、丁度その時将校が、

「大バカ野郎。なぜ電車賃をはらわぬか」

と怒号して、朝鮮の若者を足げりにすると、若者は地上にひっくりかえってしまった。何しろ五尺六七寸はたっぷりある岩乗な青年将校だから、まだ十六七の少年のような若者は一

たまりもなかった。

それを潮に電車の車掌は車にあがると、チリンチリンとカラの電車を発車させた。つまり、電車会社の方から云わせれば、電車賃を一人分、丸損したようなものであった。

「立て！」

と脂ぎった青年将校が叫んだ。と同時に若者の衿首をもう一度ひったくるようにつかんで、若者をひきずり起した。

「こっちへ来い」

青年将校がもう一度怒号して、衿首をつかんだまま、ひきずり立てた。

どこへ連れて行こうとするのかわからなかった。私はその近くにある電車の回数券など売っている電車会社の派出所にでもつれて行って、おそらくは銭を一銭も持っていないであろうこの若者にかわって、青年将校が電車賃をはらってやるのかと、一応想像してみた。が、私の想像は外れた。いや、私の想像はみごとに当ったという方が本当だったが、そこから一丁半ばかりはなれた横丁の、どろ柳の葉が日かげをつくっているさびしくて涼しい場所までくると、青年将校は若者をどろ柳の木の根もとに引き据えた。

そして三度目の怒号にとりかかった。

「こら、貴様は日本人ではないのか。アーン。日本人ともあろうものが、なぜこのような異国にきて、日本人の顔にどろを塗るのか。アーン。こら、返事をせい。返事ができんか。アーン。こら、返事ができんのか。このチクショウめ」

将校はもはや辛抱ができないかのように、若者の右の頬っぺたに一発くらわした。かと思うと、つづけてまるで機関銃が発射するみたいにピシャピシャ若者の頬をなぐりつけた。なぐり出すと調子がでて、青年将校の腕には力がこもった。

私はその時気づいたが、停留所では七八人の見物人があった筈なのに、いまここまで従《つ》いて来ているのは、私がたった一人だけだった。

一方、若者もさるもの、これだけなぐられても、「すみません」とも「悪うござんした」とも一語も発しなかった。ただ、二本の腕で頭をかかえて、わずかに防御態勢をとっているだけだった。

しかし心の中で、私は一生懸命、チャンスをねらった。いま、この理非曲直をわきまえぬ、皇軍をカサに着て、いばりちらしている青年将校の気狂い沙汰を取りしずめるのには、ただチャンスをつかまえることだけが、私にできることだった。

だから、青年将校が若者の頬を二十ぺんばかり叩いた時、

「まあ、このくらいで、いいだろう」

と、私ははじめて口をきいた。その口のきき方は、もちろんこの朝鮮人がにくくてにくくてたまらぬような口吻をふくませる必要があった。

が、私のこの口出しは、案外功をおさめて、青年将校はぱたりとなぐるのをやめると、

「以後、気をつけい。アーン。わかったか。こらッ」

ともう一度怒号して、もう一つ最後のびんたを喰らわせると、がちゃがちゃ佩剣《はいけん》をがちゃつかせて、新京駅の方に向って立ち去ったのである。

で、私も酒場の時間が気になるので、やれやれと思いながら、いそいでその場をあとにしたのである。

そのあと、朝鮮の若者がどうしたか私の知ったことではなかったが、いま思い出してつくづくと考えてみるのにあの若者はやっぱり私を青年将校のシンパのように思って、いまだに私をうらんでいるのかも知れなかった。まさかそんなことはなかろうと打ち消してはみるが、しかし、そうでも考えなければ、あの若者によく似たさっきの屑屋が、いきなり私にとびかかってきた真意が十分にのみこめないのであった。

「何かおはらいものはございませんでしょうか」

突然のように、下から女の声がかかった。

私が窓から首を出してみると、それは五十五六才になる品のわるくない女の屑屋だった。

「ああ、新聞が少しばかりあるがね」

と私は云った。

「だけど、小母さん、下と上とは世帯が違うんだ。もし何だったら、上まであがってきてほしいね」

私は自分が下までおりると、さっきの朝鮮の屑屋がまだそのへんを、うろちょろしているのではないか、というような心配があった。で、いそいで窓から首をひっこめると、間もなく地下足袋をぬいで素足になった女の屑屋が、ハカリを手に握って二階にあがってきた。

「小母さん、まあお坐り。一ぱい、いこう」

と私がいきなり小母さんにコップを差し出すと、

「まあ。わたしは、とんと不調法なんでございますよ。ほんとなんです」

と小母さんは、もんぺの膝をきちんとそろえて畳の上に坐った。

「それは見そこなったなあ。じゃア、これも何かの御縁だと思って、ぼくに一杯お酌をしてくれませんか」

「はい、はい。お酌でしたら、いくらでもできます。これですか」

小母さんはきさくに一升瓶を手にとると、こぼ、こぼ、こぼ、と私のコップに焼酎をついでくれた。

「いや、どうもありがとう。小母さん実はぼくも終戦後、満洲で屑屋をやっていたことがあるんです。いま思い出すと、なつかしいなあ。チャンスがあったら、もう一ぺんやってみたいですよ」

「まあ、あんなこと、仰言って……。屑屋なんて、つまりませんよ」

「だけど小母さん、小母さんは大分ためたでしょう。ぼくは酒をのむと、頭がよくなるので、ちゃんと判るんだが」

「はい。少しはたまりましたよ。十五万円ばかり」

「そうれ、ごらん。ぼくの眼にくるいはないなあ。それで小母さん、そんなに沢山ためて、何につかうつもりなんですか。さしつかえなかったら、教えてくれませんか」

「わたしは下宿屋をひらきたいんです。わたしのところは、もともと本郷でずうっと下宿屋をしていたんですが、空襲でやられて焼けてしまったんですよ。家は焼けるし、そのあとすぐ亭主が死んでしまったんですよ。男って見かけによらず、女より落胆がひどかったんですよ」

「そう、そう。それはそんなもんですよ。じゃア、つまり小母さんはいま、後家さんって訳ですか」

「はい、そうでございます」

「道理で何だか、年のわりに顔がつやつやしている小母さんだと、ぼくは思いましたよ。もし事情さえ許せば、ぼくがあなたの所へおムコさんに行きたいほどですよ」

「まあ、あんなご冗談を……」

「それにしても、失礼ながら十五万ではまだ、家は建たないでしょうね。しかし土地はおありなんでしょう」

「土地は本郷に残っております。だからあと五万か十万たまったら、バラックでもいいから、建てようと思っております。そして、一部屋でも二部屋でもかまわないから、学生さんをおいてお世話したいと云うのが、わたしの夢なんでございますよ」

「それは立派な夢ですなあ。しかもその夢は目の前に見えているんだから、小母さんは素晴らしいですなあ。まあ前祝いのつもりで、一杯いきませんか」

「いいえ、わたしは本当に駄目なんです。わるいですけれど、あの、おはらいの新聞はどれでございましょう」

こう出られてくると、私は小母さんをこれ以上ひきとめておくわけにはいかなかった。ヒカリモノのようなものでもあれば、話はまた別だが、私の手持の新聞は、たかが一貫目にも足りない少量なのであったから——。

間もなくその日もくれて、夜がきた。しかしこう酔っぱらってしまっては、仕事をすることもむずかしいので外出でもしてみるよりほか仕方がなかった。

家をとび出すと、私の足は昼間散歩にでた畑道の方に向った。いうて見るならば、罪をおかした犯罪人が犯罪場所に行ってみたくなるあの心理に、通じるものがあるのかも知れなかった。

ところが「犯罪場所」まで来た時、私はそこからものの三、四間とははなれていない芋畑のなかに、一組の男女がランデブーしているのを見つけた。

見て見ぬふりして通りすぎた私は、向うの人家のあるところまで行ってひき返すと、いまさっきのランデブーの中の一人が、煙草を吸っている火が、なんとも云えず美しく見えた。なんだか人ごとならず私の胸はあたたまって、再びその場所まで戻ってきた時、よく田舎の人たちが夜道でするように、

「今晩は。どうぞ、ごゆっくり」と私は声をかけてしまった。

声をかけて、私ははッとした。こっちは悪意でしたことではないが、昼間のように、この一語がとんだ禍をもたらしはしないか、といった危惧にかられた。

が、私の声をきくと男の方が女に何かささやくのがきこえた。するとその男の声に応じて女の方が男に何かささやくと、

「オー。サンキュウ、ベリマッチ」

と男が叫ぶような快活な声で、私のかけ声に応じてきた。

どうやらさっきの囁き声は、女が男に通訳していたもののようであった。

私はほっと胸をなでおろした。この返事一つで、今日一日の頭のもやもやが吹っ飛んだような、人間らしい気持がよみがえってきた。

第三話　想像妊娠の巻

第二話で、話が思いがけなく新京の方にとんでしまったので、ついでだから、もう一つ、あちらの話をすることにする。

寒い時に、暑い時の話になって恐縮だが、読者の皆さんのご寛恕《かんじょ》をお願いしておきたい。

けれども読者の皆さん、暑い土用のまっさかり、女が腹を出して昼寝をしている時、そっと氷のカケラをおへその上にのっけてやってごらんなさい。百人中九十九人までが、

「ア、チ、チッ、チ」

とさけんで目をさますものである。処女であろうが、奥さんであろうが、皺くちゃ婆さんであろうが、区別はないのである。

冗談はさておき、前の話より二三ヵ月すぎた、昭和二十年八月十一日の晩だった。

れいによって、私が新京駅にあるDホテルのロビーにくっついている酒場で白酒を三四杯

ひっかけて、南新京の自分の宿舎に帰ろうと、市電を待っている時であった。

いくら待っても、電車がこないのである。いや、来るのは来るが、素通りしてしまうのである。

ちょっと註釈を要するが、新京の市電は山手線のように環状線になっていて、上り下りとも、一つ手前の停留所でお客をみんなおろしてしまう仕組みだったから、その始発の停留所にはガラあき電車がやってくるのだが、そのガラあき電車が「回送」の札をぶらさげて素通りしてしまうのである。

まことに変なことだったが、「回送」の札をぶらさげておきながら、たまには停まるやつもあった。が、停まった電車は、満人だけをフルイですくうようにして乗っけて、あとの日本人がステップに足をつっかけても、突きおとして発車してしまうのである。

昼間はこんなことはなかったのだから、どこからか夕刻あたりフルイ・ストの指令がでたのかも知れなかった。あるいは、車掌や運転手が勝手に発明考案したのかも知れなかった。

どっちにしたところで、こまるのはワレワレで、ソ連の参戦声明がいま歴然とキキメを発揮してきたもののようであった。それというのも、ソ連の戦争参加で、いちばんビクついたのは無敵関東軍をほこりにしている関東軍の総大将、何とか某であったのだから。

ビクつくのは人間だから勝手としても、将軍は彼の女房をいち早く軍用行李《こうり》二十個に財産をつめこませて、もう朝鮮方面から下関方面にむけて、早逃げさしたあとであったのだから。

そういうニュースが私どもの耳にも、つたわって来ていたのだから。

総大将がかわいい女房を安全地帯にヒナンさせれば、中将、少将、大佐、中佐もそのマネをするのが、自然の勢のようなものであった。

あとに残った庶人や庶人の女房は、ソ連の鉄砲の玉にあたって死んでしまえ、死んでしまうのは、天皇陛下に対して忠義だと云わんばかりだった。

だいたい、こういった空気のなかを一台の馬車が南からやってきて停留所の前に止った。その馬車は、昭和三十四年に皇太子と美智子妃殿下が結婚式の時つかわれた、あの馬車と同じような型のものだった。

馬車がとまると、白いワンピースを着た少女が二人、下車した。みたところ姉妹娘らしく、姉娘は高等女学校の四年生、妹娘の方は二年生ぐらいに見受けられた。

が、馬車からおりた娘二人は駅の方には行かないで、近くのどろ柳の根元にトランクをおいて、誰かを待ち合せる風であった。おそらくは、娘たちはあとからやってくる母親を、待ち合せるようであった。

と、私が思っている時、三頭だての馬車がくるりと向きをかえて、帰途につきかけた。

と、その一瞬、私は馬車の前におどり出るようにして叫んだ。

「おい。ちょっと待ってくれ。どうせアキ車で帰るんなら、ここにいる日本人を、三人でも五人でも乗っけて行って呉れんか。いま、日本人はこんなに沢山、電車にのることができないで、困っているんだから」

私にしてみれば、上出来の言動であったが、しかし駅者台《ぎょしゃ》にいる軍曹か曹長くらいに思われる三十男が、歯をむいて呶鳴り返した。

「こらッ。何を出しゃばるか！　大馬鹿もの！　貴様はこれが見えんか。これが！」

と、三十男が馬車の横っ腹を鞭で威丈高にたたいた。

もう薄暗くなっていたが、馬車の横っ腹には日本陸軍のしるしである星章《せいしょう》がはっきり見えた。云われるまでもなく、見えていたからこそ、私はたのんだのであったが、うまく逆手をとられた恰好だった。

パカ、パカ、パカとカラの馬車が駈けて行くと、私はむかむか腹が立ってきた。陸軍の馬車には軍人以外のものは乗ることまかりならぬという規則があるのかも知れないが、それならいま三十男が乗せてきた二人の女学生は軍人なのか。

「諸君！」

私は腹立ちまぎれに街頭演説をはじめた。言ってみるならば理非の判断を公衆に問うてみるつもりだった。

「諸君！　いまや、われわれ日本人が前古未曾有《みぞう》の危急に際会して、かくのごとく市内電車に乗ろうにも乗れない時、いかなる規則があるかは知らないが、カラの馬車をぶっ飛ばすとはいったい如何なる了簡によるのであろうか。諸君！　諸君はバカにされたとは思わないか。

たとえわれわれがバカであるにはせよ、天皇陛下はわれわれバカモノでも、我が子のように可愛がって下されている筈である。その天皇陛下の可愛いい赤子を石ころや破れ草履《ぞうり》のごとく見すて破りすて見殺しにしようとしているのは、いったい何者であるか。諸君、はばかりながら、われわれは今こうして何時のれるか乗れないか知れない電車を待っているけれど、これでも天皇陛下の赤子であるぞ」

私はこんな表現を用いた。が、私の表現がなまぬるい為か、群衆は私の演説にちっともついて来なかった。聞えているのは聞えているらしいが、なるべく聞えないような振りをして、蛙の頭に小便をぶっつけたみたいな顔をして突っ立っているだけであった。

「諸君！」

私はもう一ぺん同じ演説を繰返してみた。が、結果は同じことだった。どこの何者かわからないが、あんな酔っぱらいにかかり合っては、飛んだことになりかねないから、知らん顔をして居れ、と無言の返事をしているかの如くであった。

生れてはじめてやった街頭演説の不首尾に私がしょげていると、その時、私の後から、

「キミ、まあ、そう興奮したもうな」

と私の肩をやさしく叩いたものがあった。

ふり返って仰ぐと、それは軍服の正服をつけた陸軍大佐だった。

瞬間、私ははッとして返事のしようもなかった。

「さあ、キミ、電車がきた。あれに乗ろう」

と大佐が云った。

なるほどそう云われてそっちを見ると、駅の方から一台の回送電車がやってくるのが見えた。すると私と同年輩ぐらいの軍刀を腰にぶらさげた大佐は電車の前におどり出るようにして、電車をとめてしまった。

「さあ、キミ、のりたまえ」

と大佐が云った。

で、私が大佐よりも先に電車にとびのると、つづいて大佐が電車にとびのり、その後に待ち呆けをくった日本人がどやどやと後につづいて、たちまちのうちに電車は黒山の鈴なりになってしまった。

うまくまるめ込まれた恰好で、私は後味がよくなかったが、しかし考えようによっては私の街頭演説も、いくらか電車をとめるヤクメをはたしたと云えないこともなかろう。

とにかく、その日はブジ、南新京の宿舎に帰れた私は手拭をぶらさげて浴場へおりて行くと、脱衣場の棚には女の浴衣が一枚だけぬいであって、浴室には女が一人だけはいっているようであった。どうやら、浴衣の柄が一階の女中の佐代ちゃんのようであった。

「佐代ちゃんかい。はいってもいいかい」と私が声をかけると、

「あ、爺ちゃんか。どうぞ」と中から佐代ちゃんの声がきこえた。爺ちゃんというのは、私

はもう半年もこの旅館に下宿していたので、女中たちがニックネームと愛称をかねて、私のことをこうよびならわしていたのである。四十を出たばかりで爺ちゃんと云われるのは少しかわいそうだが、旅館の入浴時間は、男は六時から八時まで、女は八時から九時までときめられていたので、しょっちゅう八時までには帰りが間にあわないことが多い私には、爺ちゃんである方が、こと入浴に関する限り、却って好都合だったのである。

「爺ちゃん、今日のお湯、きれいだろ」

流し場で、まだ三十にはならない豊満な肉体をこすっていた佐代ちゃんが云った。

「ああ、そう云われれば、今日のお湯はきれいだなあ」私は湯舟のなかから首だけのぞけて云った。

「まだ、あんまり、人がはいってないんだ」

「ふうん、どうしてだい」

「だって、ウチにいた将校さん、みんな出払ったもん。どこかずウっと北の方へ連れて行かれたらしいよ」

「そうか。それは寂しくなったなあ。しかしココにいた将校はみんな少尉ばかりだったようだが、いったい何人位いたんだい」

「二十七人か八人だよ」

「それがみんな出払ったの？」

「ううん、二十六号さんが一人だけ残っとる。あのひと、法務少尉だから、前線に出ても使い道がないんだろ」

「ふうん。では、あの三十二号室だったかなあ。あそこにいた獣医少尉も行ったの」

「ああ、あのひとは、もう一週間も前に行ったよ」

「ふーん、では、あのひとには奥さんがあっただろう。奥さんはどうしたかね」

「チエッ。爺ちゃんはうといなあ。あれは奥さんじゃないよ。二号さんだよ。爺ちゃん、まだ知らなかったの。内地にはちゃんと奥さんがあって、奥さんから手紙がしょっ中きていたんだよ」

「まあ、それはどっちでもいいが、その二号さんは、どうしたかッてきいているんだ」

「二号さんも、今日、出て行ったよ」

「どこへ？」

「どこか、そんなことおら知らねえ」

私は佐代ちゃんよりも先に風呂を出た。入浴は烏の行水程度にとどめて、私は一刻もはやく晩酌がやりたかったのである。旅館には旅館配給の酒があるから、私は毎晩二本だけは、大ッぴらに飲める権利のようなものがあったのである。

で、自分の室にもどって、盛切飯のお膳を前に、ひとりで一ぱいやっていると、私はふと、机の上の塵紙に小学生のようなつたない文字で、カンタンな置手紙がしてあるのを見つけた。

『わたし、内地にかえってうみます。どうぞお元気で。成田』

といっても、私は成田獣医少尉の二号さんと特別、ねんごろな関係があったわけではなかった。

ついニヵ月か三ヵ月前のことだが、私が二階の洗面所に顔を洗いに行くと、その洗面所にいつでも金だらいを持ち出してハンカチだの靴下だののような小モノの洗濯をしている三十恰好の女があった。

しょっ中、顔を合わせるもんだからお互にモノを言い合うようになったのである。

「旦那さんは、おひとりなんですか。おくさんは？」

と彼女はきいたりした。

「奥さんも、おヒマそうですなあ。しかし今はなんといっても軍人の天下ですからなあ」

と私がお愛想を云うと、

「獣医少尉なんてつまりませんよ。ほんとは早く召集解除になった方が、いいんですけど」

と彼女は云ったりした。

が、そんなことを云う時の彼女は、どことなくなれなれしい飲屋の女のような仕草や話しぶりを連想させるのが却って私の気持をラクにさせた。

と、ある時、彼女は私に妙ちきりんなことを云いだした。

「ねえ、旦那さん、すみませんけれど私のオナカ、見てくださいません」

「はァ?!」

私は自分の耳を疑ったが、説明をきいてみると、彼女は数ヵ月前からメンスがとまって、腹もこんなにふくれて来たけれど、産科のお医者さんも、彼女の亭主も、これは〝想像妊娠〟というやつで、一種の病気だと診断をくだしていると云うのである。

「でも、わたし、いくらお医者さんだって、誤診ってあると思いますの。だから旦那さん、ヒヤカシでも結構ですから見てくれません?」

「見るって、白羽の矢をたてられるのは光栄の極みだが、どんなにして見るんですか。まずその方法からして教えてもらわなくっちゃ」

「みる方法は実にカンタンなんです。こう、オナカに耳をあてて下さればいいんです。中にほんとに赤ちゃんが出来ていれば、胎児の心音がきこえるんです」

「なーんだ。そんなにカンタンな方法なんですか。それだったら、ぼくにだって出来ないこともないでしょうなあ。しかし奥さん、悪いことには人妻だからなあ」

「人妻だって、わたし別にへんなことを旦那さんに要求しているんじゃありませんよ」

奥さんがきっとなって、もう後には一歩もひかんぞとばかりに云った。

「じゃア、奥さん、ぼくが一つ条件を出しましょう。もし、奥さんが、日本酒を一升、フンパツされたら、みて差しあげます」

と私は云ってしまった。

ところが、いま時、こんな難条件を出しておけば、奥さんはたじたじになって、申し込みを引っ込めるであろうと思ったのは、私の浅慮というものだった。あくる日の昼頃、奥さんは意気揚々と、れっきとした日本酒をひっさげて、私の室にあらわれてしまったのである。

「では、どうぞ、おねがいいたします」と奥さんは、一刻をあらそうように、帯をときかけた。

「ま、ま、ちょっと待ってください。これを、一ぱい頂いてから」

私は一升瓶の王冠をぬいて、コップで二杯ばかり、きゅうとあおると、やっと勇気がでてきた。

「じゃあ、とにかく拝見しましょう」

一杯きげんで、私がお医者さんの口真似をして云った。

すると奥さんは博多か何かの伊達巻をといて、その下の一丈もある岩田帯をくるくるとめくった。

下からまっ白なふくよかなごむまりのようなおなかがでてきて、ヘソがにゅっと飛びでているのが異様だった。ずりおとした湯巻の間からはその下の方はみえないが、黒いものがちらほら上にのぞき上っているのが可憐であった。

ちょっと、私は目がまわるような気がしたが、そこは臨時ながらお医者さん、神妙な顔つきですまし込んで奥さんのおへその下あたりに左の耳をくっつけて、耳をすますと、

「きこえますか?」

とツバをのみこむ音がして、奥さんがきいた。

「はあ。ちょっとまって下さい。ああ……そうですなあ、……聞えると思えば、きこえるような気がしますなあ」

と、私はこたえた。

この時の私の耳診断が、いま、彼女の短い置手紙になってあらわれて居ったのである。

しかしそのあくる日、私にも戦時召集令状がくだった。令状を受けとったのは昼過ぎで、出頭はその晩の五時という、急激なやつだった。召集令状には何か兇器を持参せよと附記してあったが、兇器なんか持っていない私は、やむなく鉛筆けずりの「肥後守」を風呂敷にくるんで出かけた。

第四話　銀線くらべの巻

「言海」によると、
とんど――正月十五日に、松竹しめ縄など収めて焼くこと。とでている。

しかし、東京の私どもの住んでいるこのあたりでは、たいてい正月のおかざりは七日には取りはらってしまうようである。

郷に入っては郷にしたがえ、というほどではないが、ことし、正月七日の晩、私はひとりでとんどをやった。

と云ったところで、タカはなかった。大みそかの晩、もっと正確に云えば一月一日の午前一時頃、四十円で買って来た松の小枝を二本、もすだけのことであった。

しかし松は生木であるからカンタンに火がつかなかった。ありあわせの木切れ、竹切れ、

板切れを燃やして、その中に松の生木を放り込むという、本末顛倒みたいなことになったが、そのとんどの最中、

「ごめんください」

玄関に女の声がして、出てみると一人の女子大学生のような若い女だった。

「あの、わたくし、及川品の娘の矢村久子でございます」

と云って及川品の書いた紹介状をのぞけた。

ちょっと、私は見当がつかなかった。が、よんでいるうちに判った。品なんて書いてあるから、ピンと来なかったので、ヒンちゃんといえば、私の初恋のひとといっては語弊があるが、まあ、ちょっとそんな間柄だったのである。

話は古びるけれど、仕様がない。大正何年かのことだ。

ヒンちゃんが、私どもの村にやってきたのは、ヒンちゃんのお父ッつァんが、駐在巡査として私どもの村に赴任してきたからだった。

その時、私は小学校の五年生。

ヒンちゃんは、一級下の四年生に編入された。

いなかの小学校では、転校生というのは珍しいのである。げんに、私なんかの組は一年生から六年を卒業するまで、六十何人、一人の増員もなければ、一人の減員もなかった。あけてもくれても、同じ生徒と顔をつきあわせているだけであった。

だから私は、一級下の生徒たちが羨しくて仕方がなかった。ヒンちゃんはあんなに背が高いのにどうしてまだ四年生なんだろうと、不思議な気がするほどだった。ヒンちゃんは背が高いばかりか、脚も長かった。そのすんなりした脚が着物の裾からのぞいた恰好が、なんとも云えず美しかった。

普通、村の生徒は貧富の区別なく藁草履をはいて登校するのに、ヒンちゃんは白い鼻緒の麻裏草履をはいてくるのが、一層エキゾチックな感情をそそった。

私はながい間、ヒンちゃんに近づきたい衝動を心のうちにひそめていたが、或る時、その機会が到来した。

「この手紙をもって、駐在に行って来い」

と父が命令したからであった。

時候は秋で、どこの家の軒先にも柿の実が赤くうれている頃だった。私は弘法山という小さな丘の麓の石垣の上に建っている駐在所へ急いだ。

「おい、どこへ行くんか」

途中で、学校友達に訊問をうけたが、

「うん、ちょっと」

と大人のような返事をしただけだった。

「ちょっとと云うのはどこか」

とその友達は追及したが、

「おう、その、ちょっと」

と、もう一度同じことを繰返しただけだった。

エンギというのか、何というのか、あまりあけすけに答えたりすれば、ヒンちゃんに会えないような気がしたからだった。

村道から急な坂道を登って、ガラスの多い駐在所の家の前に停って、

「コンチは」

と私は叫んだ。

しばらく返事がなかった。普通の百姓家とちがって、このガラスの多い家は様子がちがった。縁側がなくて、ドアがついているのが、私を戸迷《とまど》いさせた。

「コンチは」

私がもう一度叫ぶと、ドアが内側からあいて、当のヒンちゃんが顔をのぞけて、

「ああ、うち、誰かと思うた。章ちゃんだったの。遊びに来たん?」

とおめずおくせず、姉さんぶった口をきいた。

「ううん、違う、お前のお父ッつァん居ってんないのか」

「居ってんない。ケイラに行ったもん」

「そんなら、お母さんは?」

「お母さんも居ってんない。太郎をつけて町へ散髪へ行ったもん」

「チェッ。みんな居らんのか。わしはお前のお父ッつァんに、手紙を持って来たんじゃ。これ」

ふところから手紙を出してみせると、

「あら、そう。だったら、うち、あずかっといてあげる」

ヒンちゃんは手紙を手にとると、小さな土間から座敷にあがって、その手紙をどこかにおきに行った。

その時、ヒンちゃんが三つ組に編んだ髪につけた赤いリボンが背中で揺れうごいた。学校ではリボンは禁じられていたので、うちに帰ると彼女は、つけているもののようであった。

私はなんともいえんような気持が胸にわいて、

「それじゃ、たのんだど」

と怒ったように云って帰ろうとすると、

「いやア、せっかく来たんのに、遊んで行き。うち、算術のわからんとこ、教えて」

ヒンちゃんが逃がしてはならないかのように再び飛び出てきた。

私はどうしていいのかわからなかった。遊んで行きたいのは山々ではあるが、いまにも、ヒンちゃんのお父ッつァんやお母さんが帰って来た場合がこわかった。

「なあ、おあがりよ、うち算術が、ちっともわからへん」

ヒンちゃんは私の腕をとらえて、座敷にひっぱりあげようとするのに、

「算術なんか、わし知らん。知らんちゅうたら、本真《ほんま》に知らん」

私がもがくと、

「そんなら、外で遊ぼ。な」

とヒンちゃんが妥協してきた。

で、二人は中庭に出た。と云って、男の子と女の子が一緒になって遊ぶような遊戯はなかった。まりつき、おはじき、みんなアホウくさい気がした私は、照れくささをごまかすかのように、中庭にあった大きな猿すべりの木によじ登って、一本の枝に腰をかけ、

「ヒンちゃん、それじゃ、尻とり遊びをしようか。わしが先に言うど」

「うん、ええわ」ヒンちゃんは下から猿すべりの木を抱くようにかかえて待ちうけた。

「及川の品ちゃん」

「いうたな。いじわる。ム、ム、村はずれの一軒家」

「やか。やかましや駐在さん」

「いうたな。ム、ム、昔、むかしのその昔」

「死んだ婆さん屁をこいた」

「狸の金玉八両金」

やりとりしているうち、十分か十五分すぎてもあきはしなかったが、さすがに木の上は冷

えるのか、私は生理的尿意をもよおして来た。

遊戯を途中でやめにして、するする木からすべりおりると、

「どしたん」と心配げな顔で、ヒンちゃんが私の顔をのぞいた。

「だって、尻取り遊びなんか、キリがないもん。もっと面白い競争をしてみよう。わし、いまええことを考えついたんじゃ」

「ええこと、どんげな？」

「あの、のう」

「早う云いな」

「じゃあちゅうて、お前、早う云うばかりが能じゃない。ヒンちゃんが、もしいやじゃ云うたら、わし、ハジをかくもん」

「章ちゃんの云うこと、うち、いやンこと一つもない」

「なんでもきくか」

「きく。早ういいな」

「それじゃァ、云うど。ヒンちゃん、わしとお前、これから小便のとばし競争《くらべ》をしよう」

「なあんだ。そんなことか。よッしゃ、しよう。あんた、この間の運動会で四等じゃッたもんなあ」

「云うたな。お前は、一等だったからいうて、あれとこれとは違うど」

「でも、章ちゃん、うち、あんたが駈け足で一等になってくれればええと、一生懸命、応援したんよ。それなのに、あんた四等だったんで、うち、あの日、一日中、くやしかったんよ」

「しょむ無いなあ。すんだこと云うの、わし好かん。そら、あそこでやろう」

私はヒンちゃんをうながして、石崖のはなに連れて行った。

そしてまずカイより始めで、私が着物の前をめくると、ヒンちゃんも私に並んで着物の裾をまくった。

「まだ、まだ、まだ」

と私は声をかけた。

声をかけると、ヒンちゃんはしゃがんだまま、私の顔を神妙な目つきでうかがった。

「まだ、まだ、まだ。用意、ええか、ドン、ではじめるんじゃ」

「さあ、
用意、
ええか。

ドン」

私が号令をかけると、ヒンちゃんも放尿をはじめた。

二本の銀線が円曲線を描いて、兄たり難く弟たり難くの勢で、下の畑におちて行ったが、しかし私の方が三尺ばかり先まで飛んだようであった。

「ああ、くやし。うち、まけたなあ」

ヒンちゃんが顔を真赤にして、着物の前を手でおさえながら云った。

「でも、章ちゃんのは、とび出とるじゃもん」

「そりゃ、とび出とるのはとび出とるけんど、三尺もとび出とりはせんど」

と私が云い返すと、

「うち、あんまり気ばりすぎたけん、ここが痛うなった。章ちゃん、さすって」

ヒンちゃんはあえぐように、私によりそって来た。

で、私は小便したあとの寒さに、ぶるぶるふるえながら、ツミのつぐないでもするかのように、ヒンちゃんの下腹を、七つ八つもんでやったのである。

そしてしかしヒンちゃんのお父ッつァんはそれから間もなく、どこかへ転勤して行ったので、二人の交渉はそれが最初にして最後のようなものであったのだ。

爾来、四十何年。

ヒンちゃんの消息は知る由もなかったが、その娘の子が大学生になって、突然私の前にあらわれたという次第であった。用件は娘の子がことしS大学の国文科を卒業するが、何か適当な就職口があったら力になってやってくれというのであった。

「しかし正直なところ、ぼくは何の力もないんですよ。むろん気にはかけておきますが、それもまアほんの気休め程度の言い草だと思ってください。残念ながら実状がそうなんですから」

火鉢をかこんで、私はこう云うよりほかなかった。

「大学の方では世話をしてくれないんですか」

「はい。学校の方では、コネをさがせの一点ばりなんです」

「失礼ですが、お父さんは尾道で何をしていらっしゃるんですか」

「父は裁判所の事務をしております」

「だったら、そういう方面でコネはつかないんですか」

「はあ」

「県に帰って、国語の先生になるという方法はないんですか」

「はあ、県の方でも、国語の先生と社会科の先生はだぶついて、困っているんだそうです」

「それは弱りましたなあ」

「でも、わたし、ずっとアルバイトにガリ版きりをしていましたから、一人口ぐらい何とかやって行けます」

私は対座しているのが心苦しかった。就職試験は去年の十月十一月頃、ほとんどすんでいるようにきいていたから、矢村久子もどこか二つや三つは受けてみたが、みんな落っこちているのかも知れなかった。

形勢非なりとさとったか、久子が長居はせず腰をあげたので、私もとめはせず、久子をバスの停留所まで送った。

バスを待つ間の二三分間、

「お母さんはお元気なんでしょうね。ぼくはもう四十何年も会わないいんですが、メガネなんかどうですか」

と自分にてらし合わせて、きくと、

「メガネはまだいりません。新聞も雑誌もよく見えるのが母の自慢なんです」

と久子が云った。

「ほう、それは羨しいですね。時にあなたはどちらかというとお父さん似なんでしょう?」

ときくと、

「はい」

と久子が答えた時、バスがやって来た。

で、私は一応家にかえったが、やっぱり気持はおちつかなかった。いい年をからげて、〝初恋〟の人のヒンちゃんの娘に、何の助力もしてやれない自分自身がムシャクシャしてならなかった。

私は一杯のみにでた。いつも行く大衆酒場に行くと、顔見知りの信濃湯のじいさんの姿がまず目にとまったので、

「じいさん今晩は」

と声をかけて、じいさんの隣に坐ると、

「おお、あんた、今晩はバカにうれしそうな顔をしとるなあ」

とじいさんが不思議なような顔をして私をながめた。

ちょっと信じられない挨拶だったが、そういう言葉をきくのは悪くはなかった。

「あ！」

私はふと思い出して叫んだ。

「まあ、何が〝あ！〟ですか。びっくりさすじゃないの」

と酒場の女中が相槌をいれた。

「いやア、どうも失礼。ちょっと思い出したことがあったんだ」

「何よ」

「まあいいや」

私はとんど焼きの中に、餅をくべておいたのを、すっかり忘れていたからであった。

帰途、バスがなくなったので、私は家まで歩いた。

その途中、去年の秋頃から建築をはじめた三階建のコンクリート工事があった。アパートになるのか社宅になるのかはわからないが、酔っぱらっていた私は恐いものしらずみたいに、下駄の音をコトコトならして三階まであがると、窓みたいな隙間から一物をのぞけて、放尿してみた。

バリ、バリ、バリ、

バリ、バリ、バリ

長い放尿が終ると、高さの恐怖か寒さの恐怖かはわからないが、ぶるぶるっとふるえながら、しかしなんだか長い間のあこがれを充たしたような妙な快感が五体を流れた。

第五話　同窓座談会

つづいて正月十五日の、成人の日という日に、私はまたまた、思いがけぬ来客に接した。小学校時代の同級生、須古張太郎と岩井半五郎が、団体旅行で東京見物にきたついでにだと云って、何の前ぶれもなしに、立ち寄って呉れたのである。

「おーい。ここじゃ。ここじゃ。アホウ。そんな大きな家であるもんか。ここじゃ。ここじゃ」

玄関の前あたりで、とてつもないどら声がきこえたとおもうと、それが張太郎だったのである。

張太郎は背広服こそ着ていたが、田舎のおっさん然と頭が八分どおり禿げて、年よりもふけて見えた。

半五郎はそれに反して、五分刈りに刈っている頭が真っ白に近かった。

部屋に通ると、

「これはおらが特製のまむし酒じゃ。飲んでくれ」

と云って一升ビンをつき出した。

「これはわしの土産じゃ。食うてくれ」

とつづいて半五郎が小豆が一升ばかり入った袋をつきだした。

村を出発するときから、持ち歩いてきたのだと思うと、荷物ぎらいの私は感謝せずには居られなかった。

しかし今時、小豆一升の土産というのは、東京はまだ食糧難だという概念が、半五郎たちの心の隅のどこかに残っているのかも知れなかった。

「どうもすまんなあ。ところでぼくはあいにく風邪をひいていてなあ。こんな有様だけど、カンベンしてくれい」

と私は蒲団の中から顔をあげて云った。

「そうか。そりァ、いかん。ねとれ、ねとれ。ねとるのが風邪には一番のくすりじゃ」

と半五郎が云った。

「そのかわり、ゆっくりして行ってくれ。もう一晩、こうしていたら、明日はよくなりそうだから」

「ところがそうは行かんのじゃ。団体行動じゃけんのう。九時までには九段の宿舎に帰らねばならんのじゃ」と張太郎が云った。

「九時までに⁉　でも九時といえば、まだ四、五時間あらあ。……おい、この間、Nさんから貰った特級酒がまだ封切らずだろう。あれをツケてくれ」

と私は家内に云った。

二人は、もうどこかで一杯ひっかけて来たらしく、相当メートルがあがっていたからである。

それにしても私はこの幼な友達と顔を合せるのは何十年ぶりといってよかった。

戦後、数年間も村で疎開ぐらしをしていた時も、一度も顔を合したことはなかった。時勢も時勢で、私が家のなかにばかり引っ込んでいたせいもあったが、ひとつにはお互が村はずれ同士で、家が一里以上もはなれているので、顔をあわせる機会がなかったせいでもあった。

村はずれと云えば、小学生時分、お互は弁当持参組だったのである。六十何人いた同級生のうち、弁当持参組は男女あわせて二割にもみたなかったから、男の子は六、七人、私たちは冬など凍りついたみたいな握り飯をふるえながら食った仲だったのである。

「おい、張さん、それでも後には、アルミの弁当箱が発明されたぞなあ。あれは何年生の時分だったかなあ」

「それは章さんが一番よう覚えとる筈じゃ。おらはあれがなかなか買うて貰えなんだもんじゃ」

「それについては面白い話があるんじゃ。わしは二人の娘を片付けたが、嫁入りの第一条件としてわしは学校弁当のいらん所へ娘をやろうと考えとったが、二人とも学校弁当のいる所へ嫁入りくさった。どうも人間は思う通りにはならんもんじゃて」と盃をかたむけながら白髪頭の半五郎が述懐すると、

「時代おくれを云うな。今はちゃんと、学校給食ちゅうもんが発達しとらい」

と禿の張太郎がはねかえした。

「ところで、張さん、いま土産にもらった、そのまむし酒の中のあのマムシは、張さんが捕ったのか」

いつの間にか炬燵のなかからもぐり出て、酒席についていた私が、部屋の一隅においてある一升ビンの中にとぐろを巻いているマムシに目をやって訊くと、

「おう、そりゃア、おらが捕ったんじゃ。でなくちゃ、土産に持ってくるもんか。章さん、まあ、あれをコップに半杯のんで寝てみい。ピンと起つど」

「ほう、そりゃ、ありがたいのう。話にはきいたことがあるが、しかしマムシを捕るのは相当危険がともなうじゃろう。なにか、風呂火箸のような長いものででも、叩き殺すの？」

「冗、冗談じゃない。章さん、おらはみんなも知っとる通り学校はできなんだが、この道にかけてはこれでも名人の域に達しとるんじゃ」

「ほ、ほう」

「つまり、このマムシ酒ちゅうのはじゃネ。叩き殺した奴では、値打ちがないんじゃ。生きてピンピンしとる奴をビンの中に入れて、それからそのビンに焼酎をたらし込んだ奴でないと、ピンと立たんのじゃ。嘘だと思うたら、ちょっとそのマムシをのぞいて見んされ。かすり傷一つ負うては居らん筈じゃ」

言われてビンを手にとって中をうかがうと、張太郎の自慢どおり、マムシはかすり傷一つ負うてはいないようであった。

「なるほどなあ。しかし張さん、このマムシを生捕りにする秘伝ちゅうか奥義ちゅうか、一体どんな風にやるの」

「なに、そんな秘伝なんかあるもんか。言うてみるならば、おらの我流じゃ。山に行ってマムシが居る所をみつけたら、おらが丹田に力をこめてエイと一発声をかけると、マムシのやつ、ちぢみ上ってしまうんじゃ。その動かなくなった所を、おらが二本の指でノドのところをぎゅっとつかまえるだけの話じゃ。つまり気じゃのう。気だけのもんじゃ」

「なるほどなあ。支那だったか印度だったか忘れたが、禽《きん》を制するは気にあり。婦を制するは、その夫の雄々しきにあり。ちゅう文句があるが、張さんのやり方はつまりそれなんじゃのう」

「おう、それそれ。それじゃ。宝仙寺のインジュさんもそう云うとられた。婦を制するはその男の雄々しきにあり、となあ」

「それで張さんは一年のうちに何疋ぐらいつかまえるの」

「ことしは十八疋じゃった。ちかごろ、マムシのやつ、だんだん減ってきゃがったよ。……おい、こら半公、よその家に来て居眠りするない……」

が、旅疲れがでたとみえて、半五郎はがばりと横になって、ぐうぐう高いいびきをかきはじめた。

「こいつはのう、この年になるまでカカア一辺倒できた意気地なしなんじゃ。あの顔を見て見い。そげんな顔をしとるじゃろう」

「それは珍しいのう。まずは、われわれ同級生の清潔選手というところか」

「何が清潔なもんか。えてしてこういう手合いが、出戻りを貰う巡り合せになるんじゃ。おらはこれでも、生娘の味を七人や八人は知っとるど。お前は何人か」

「うん、ぼくもまあ、そんな所じゃのう」

と私は相槌をうった。丁度家内が台所の方へ立っている時だった。

「それでは張さん、お前が生れて一番はじめに体験した話をせいや。いったいお前は、その時いくつじゃった？」

「年は何ぼじゃったかのう。高等二年生の時じゃけん、数え年の十五の冬じゃ。お前はもうあの時分高等科には居らなんだが、その冬、卒業旅行があって京都へ行ったんじゃ。その旅行の道中でよ」

「うん、うん、それで」

「まあそう、せかすな。経費の節約で旅行は行きも戻りも夜汽車じゃったが、その行きの汽車の中でのう。はじめのうちは神妙に腰掛に腰をかけて居ったが、だんだんに足がだるうなってくるわい。それでおらは後の木板にもたれて足を前の席に投げ出したんじゃ。ちょうど前には、そら、お前も覚えとるじゃろ。裁縫の先生にでぶっちょの秋葉先生ちゅう女子《おなご》先生がおったじゃろ。あのひとが乗って居ったんじゃ」

「うん、うん、あの色の白い……」

「まあ、そうせかすな。ぼつぼつ話さにゃ、田はにごらん。気がついてみると、あの女子先生も足がだるうなったとみえて、おらの席に足をのばしとるじゃないか。それはお互さまじゃからかまわんが、おらの足は先生の袴の下をくぐりぬけて、足の指先が先生の股のところへ行ってしもうとるんじゃ。これは大失礼したと思うて、おらは大あわてで足をひっこめたが、そのうちまた眠っとると、何時の間にかおらの足先は同じところへ行ってしまうんじゃ。出したり引っこめたりしているうち、先生のやつねぼけていたと見えて、おらの足をぎゅっと二本の膝ではさみこんでしもうたがな。

こっちはええ気持イのう。冬のことじゃけん、炬燵にあたっとるよりも、もっとええ気持イ。先生は顔にハンカチを当てておるし、膝の上にはコートをかけておるけん、ほかのものには誰にもわからんがな。うつらうつらしいしい、夜があけて、汽車が京都につくまで、そうしておったんじゃがな」

「…………」

「それからその日は一日中京都見物じゃ。三十三間堂、清水の舞台、桃山御陵、左近の桜右近のたちばな、なんか見物してその晩はどこだったか場所は忘れたが、宿屋についたんじゃ。その宿屋でのう、夜中におらは便所に行ったついでに、秋葉先生のところへ行ってみたんじゃ。先生は宿屋の二階の一番奥の部屋に一人でねて居ったが、おらがそっと障子をあけて中にはいると、電気は消してあったけれど、廊下の明りで先生の寝床はよう見えたわい。

おらはぐずぐずしておっては、人にみられると思うと、すぽっと先生の横にもぐり込んで、三分だったか五分間だったか、生れて初めてのたのしい思いをしたのィ。してみれば、夜這いも別にそう面倒なもんでも何でもなかったがな」

「それで先生はその時、お前にどう云うた?」

「それが面白いんじゃ。事が一段落してから、

『あんた、ねぼけて部屋をまちがえたんなあ。早う自分の部屋に往《い》んでおやすみ』

と、今のことはみんな間違いだったように云うて、うまいことおらを追いだしたぜ」

「なるほどなあ。それはうまいセリフじゃ。しかしその時、あの女先生は年はいくつぐらいだったんかなあ」

「二十五か六、なんでもその辺じゃァなかったかと思うが、あの先生もまだ生きて居りんさ

れば、六十七、八ということになるわい」

その時、いびきをかいてねていた半五郎ががばっとはねおきて、

「またお前のオハコの都腰巻の話をしとるんか。しかしあの話は何べんきいても面白いけんのう」

と言った。

「いいや、あの話じゃないが、あの都腰巻の件は、わしが一生一代の不覚じゃったもんなあ。ついでだから、話そうか。章さんは知らんじゃろうが、おらが沢井市太郎の若後家のお光とシンミツにしておった時のことイ。お光がねだるもんじゃから、おらもほだされて都腰巻を一張フンパツしてやったのイ。お光のやつ俄然サービスがよくなったのはよかったが、節季がきて丸八のおやじが掛取にやってきたのイ。

その時、おらは家に居らなんだが、カカアの奴が、おらが家に帰ると、

『あんた、今日丸八が掛取に来ましたので払ってやりましたが、うちでは都腰巻を買うた覚えはないんですけれどなあ』

とツケをつき出して云やがったんじゃ。

突然なので、おらア、あわてたなあ。

この腰巻だけはもっと早うに現金払いにしておこうと思いながら、つい延び延びになっておったんじゃ。

かと云うて、いまさら後にはひけん、

『お前、買うた覚えはないのか。ええッ!』

と逆襲してやって、

『よし、それじゃ、これは丸八のツケ違いじゃ。おらがさっそく談判してくる』

と云うてそのツケをひったくって、駈け出していったんじゃがな。

雪まじりの寒い風の吹いとる日でのう、一里の道を丸八の店のある辺まで、何の用もないのに飛んで行くのが、つらかったことイ。こんなつらい目にあうほどなら、もう女子は真っ平だとつくづく思わずにはおられなんだことイ」

「アッ、ハッ、ハ。それでも張さんは、いまだに市太郎の後家との縁はきれてはおらんのじゃろ」

「そこはお前、仕様がないがな。向うがおらを離さんのじゃもん」

「アッ、ハッ、ハ。口は調法じゃけんのう。それではわしもお酒ばかり頂戴するのも何だから、わしが若い時に見たストリップの話でもしようか」

「おう、やれ、やれ」

と、張太郎がけしかけた。

「わしは高等をでるとすぐに、尾井郵便局の郵便くばりになって数年つとめたんじゃが、わしの受持は概して山之上村じゃったんじゃ。お前ら、まだ行ったこともあるまいが、あの村は字で書いた如くほんとに山の上のような所にあるんじゃ。

あそこの谷に一軒、ここの峰に一軒という風に、家がぽつりぽつりたっているのが郵便屋泣かせなんじゃが、人間の人情はとてつもなくええ所じゃよ。

わしが局にはいって間もなくのことじゃったが、夏の焼きつけるような暑い日に、わしは全身を汗だらけにして、すたこら急な坂を上って、剣持与之助という家に配達に行ったんじゃ。

『うん、与之助の家は木挽が本業なんじゃ』

ところが、この家にはわしが配達になってからまだ一ぺんも配達に行ったことがなかったんじゃ。

それでその藁屋の家の前にやっと辿りついて、家の戸口の表札を見ようとしたが、そんなものは出しとりはせんわい。

『あの……』

と、わしが戸口から中をのぞくようにして、声をかけようとした途端じゃった。

広い土間の隅にある黒いくど（へっつい）の前でまっぱだかになって豆をいっていた娘が、ふっとこちらを振りかえった。

『おう、ほんまのまっ裸じゃ。何一つ、腰につけとりはせんわい』

その娘がわしを見ると、ほやっと笑って、

『あ、郵便屋さん。暑いのにご苦労さんでしたなあ』

と、杓子で前をかくして、戸口の方に近づいてきた。

かくしてはおるけれど、全部が全部かくれきれるもんじゃ、ないわい。

わしは目がまわるようじゃったが、初めての家だから、

『剣持与之助さのお宅ですなあ』と念のため声をかけると、

『はい。そうです。暑い所をすみませんでしたなあ。いますぐ麦茶でもいれますから、休んで行ってつかんせ』

と娘は一枚の葉書をおしいただくようにして受けとって、台所の方にひき返した。

で、わしはそれを機にもう後はふりかえらず、坂道を逃げるようにして駈けおりたが、今おもい出しても、胸がどきどき早鐘を打つような気がするのう」

と、本当に頬を上気させた岩井半五郎の話はひとまずここで終った。

そして時間の制限もあることだし、当夜の同窓座談会は、残念ながらこの辺でおひらきと云うことになったのである。

第六話　鼻かみ結婚

私の若い友人に、芝根良二郎という青年がある。

去年の二月、東京のある大学を卒業した男である。

大学卒業前後、ジャーナリズム方面に就職を希望して、東奔西走していたが、思わしい口もなく、郷里に帰って行った。そのまま消息を絶っていたので、どうしているだろうかと、気になっていたところ、芝根は帰郷後、郷里から七八里はなれた山の奥で中学校の助教をつとめていたが、こんど偶然なようなことから再上京、もう一度大学院に入って勉強のやり直しをしたいといったような通信に接した。

しかも、ことし数え年十七になったばかりの花はずかしいお嫁さん——折枝さん——を連れてというニュースである。

以下、その間の事情を、概略ながら次にお伝えすることにしよう。

さて、話はどこから始めたらいいかちょっと困るところであるが、なんでも去年の十二月下旬頃のことであったそうである。

折枝さんの母親菊枝は、どうも何だか、折枝の様子が変であるのに気づいた。そこである晩、

「折枝、今日はお風呂に一緒にはいろう。お母さん、この間から背中がかゆくて仕様がないけん、あんた少し流しておくれ」

と、夕飯がすんだあと、菊枝は誘ってみた。

「ええ、でも、うち、数学の宿題があるけん、後にするわ」

と折枝が母親の顔を見ないようにして云った。そして逃げるように勉強机の方へ行ってしまった。

どうもますます、へんであった。一ト月ばかり前、折枝がまるで妊娠女のように梅干を食べたがるのを不思議に思ったが、その時は気にもとめなかった。けれども、今にして思えば、やっぱりそれはツワリを患らっていたもののようであった。論より証拠、折枝の腹は少しふくれて、お尻が少し突き出た恰好が、親の錯覚とは云えないようであった。

その夜、菊枝は意を決した。折枝がぐうぐう寝入るのを待って、炬燵からすべり出た。そしてランプに灯をいれると、差し向いに寝ている折枝の枕頭に坐った。

「折枝、泥棒でもするようで悪いけんど、お母さんが、ちょっと見せて貰うぞ」

菊枝は心の中で神に祈るようにつぶやくと、体ががたがたふるえた。

ふるえる手で、菊枝は我が娘の胸をはだけた。寝巻の胸もとは容易にひろがったが、その下のシャツのボタンはかたかった。が、心を鬼のようにして、そのボタンをはずすと、

「お、やっぱり」

菊枝は伏さったお椀のようなおっぱいの中心の、黒い乳首を見てしまった。

菊枝はランプの灯を消して、自分の寝床にはいったが、もう朝まで一睡することもできなかった。

こんな時、夫がいてくれればどんなに重宝かとくやしさが胸にこみ上げるけれど、死んだものは帰って来ないのである。自分の身が真二つにさけたような真っ暗な気持になって、菊枝は手さぐりで仏壇の前に行き、両手を合せてみたりして一夜をすごした。すると、思いなしか、

「こら、騒ぐんじゃない」

「おちつけ、おちつけ」

「お前は、女学校を出た女ではないか」

と夫の声がかすかに聞えて来るようであった。

しかし女学校は出ていても、我が娘の相棒がどこの何ものであるか、容易に想像することは出来なかった。

三日三晩、菊枝は考えに考えを重ねた。早やまって、叱りすぎて、世間にはちょいちょい有勝ちな、ジサツやシンジュウに事をおち入れてはならなかった。

考えに考えた末、菊枝の胸には、娘の相棒はこの春、大学を出て、村の分校に赴任してきた芝根良二郎先生ではないかという疑いに達した。いや、実をいうと菊枝は、娘が妊娠しているのを知った時、まず真っ先に浮んできた男性は、芝根先生であったのである。

恥ずかしいような話であるが、この春この高原の部落に白いこぶしの花が一杯咲いていた頃、

「お母さん、今日は先生が家庭訪問においでんさるかも知れんわ」

と学校から帰った折枝が云った。

「先生って誰？」

「芝根先生よ。こんど、うちらの受持になられた……」

「そう。じゃあ、少しは家をきれいにしておかんと、いけんなあ。……あんた、すぐに石橋屋に行って、おせんべいでも買うて来といて」

折枝が買物籠をさげて部落の何でも屋に駈けだしたあと、噂をすれば影のように、家の前の坂道を新調の背広服をきた青年が足早やに上ってくるのがみえた。

その姿を一目みた時、菊枝の胸は何とはなしにふるえた。

「今日は。ぼく、折枝くんの受持の芝根良二郎です。ちょっと、学校の規則で、家庭訪問にきました」

と青年がぶっきら棒に云った。

「まあ、それは。折枝がいつもいつもお世話になっております。きたない所ですけんど、さあ、どうぞ、どうぞ……」

あわてた菊枝がどぎまぎ先生を家の中に招じ入れようとすると、

「いや、ここで結構です。ちょっと失礼します」

芝根先生は縁側に腰をおろして、

「学校の規則だからおうかがいしますが、お宅では家族は二人だけのようですね」

「はい。主人が一昨年、あの子が中学一年の時、なくなりましたもんですから」

「ご主人は営林署の方に勤めておられたんですね」

「はい、さようでございます」

「失礼ですが、お母さんはおいくつでござんしょう」

「年でございますか。あの、数えの三十六、でございますが」

「何か、学校のやり方について、ご註文はありませんでしょうか」

「いいえ、あの、別にございませんが、……あの子は父親がおりませんけん、お行儀がよくないと思います。だからそんな時には容赦なく、ゲンコツの三つや四つくらわしてやって下さいませ。そう思うておるぐらいのものでございます」

「ああ、そうですか。では、どうもお邪魔しました」

芝根先生は腰をあげると、もう坂道にとび出ていた。したがって、菊枝は先生にお茶を出すひまもなく、家庭訪問はものの三分間とはかからなかった。

が、菊枝はこのぶっきら棒でかざり気のない青年教師にますます好感を抱いた。

むかしから、男女の恋は、最初の一瞬に決定すると、よく云われることであるが、

「ああ、自分も、年がもう十わかかったらなあ。本当に恋をしてみせるのに」

と菊枝は心中ひそかに、自分の年齢にコンプレックスを感じないではいられなかった。

その時のことを思いだすと、わが娘の折枝が、芝根先生のタネをやどしているとは、どうしても思いたくないのであった。が、そうは思うものの、十中八九まで、芝根先生のタネに違いないと思われる。この矛盾をどう解決したらいいのであろう。

数日、ああ思い、こう思って、菊枝はやっと二度目の意を決した。

或る晩、菊枝は折枝を炬燵によんだ。

「折枝、勉強はやめて、ちょっとここにおいで」

「なに。お母さん――」

折枝が隣の部屋から炬燵にやってきた。しかしその返事は、もう母親の訊問を観念してい

るかのようであった。

「あのなあ、折枝、あんた正直に言ってもらいたいんだが、あんたこのごろ、メンスがないんじゃない?」

単刀直入にきり出した菊枝の声はふるえた。

「ええ、ないわ」と折枝は返事をした。

「そうでしょう。だけど、あんた、相手のひとは誰なの」

「相手って、そんなもの、ないわ」と折枝が云った。

「バカを云いなさんな。相手がなうてコドモが出来ますか。あんた、生理衛生でコドモが生れる理由はもうちゃんと教わったのでしょう」

「ええ、そりゃァ、もう習ったわ。男子の精子と女子の卵子が結合して、別に一個の生命体が生じるんだって……」

「それ、ごらん。ちゃんと知っとるじゃないの。だから相手の男子は誰か、云いなさい。お母さんは、あんたが云いさえすれば、別にあんたを叱ろうとは思っとらんのよ」

「ううん、そんな男子なんか、うちにはあらへん」

折枝が三つ組にあんだ長い髪の毛を胸のあたりに持ってきて、もてあそびながら、しゃアしゃアと云った。口のあたりには、かすかながら微笑さえ浮んだ。

「じゃア、あんたが云い出せないのなら、お母さんが当ててみようか」

菊枝の口もとにもかすかに微笑がうかんだ。

「いやだァ、お母さんって。そんなに三文易者のようなことを云うの、時代おくれよ」

「どうして？　赤ちゃんができるの、千年前も五百年前も、今だって別に進歩も退歩もないと、お母さんは思うがなあ」

「だけどお母さん、うち本当のことを云うと、うちにどうして赤ちゃんができたのか、わからへん。それでこの間からつくづくと考えて見たんだけど、そうしたらひょいと思い当ったことあるん」

「なんだい？　その思い当ったッて、いうの？」

「もうずっと前のことだけど、あれ、九月の末頃に秋分の日というのがあったでしょう。なんでもあの時分だったと思うんだけど、うち、朝早く起きて、うちの木小屋に薪を取りに行ったところ、薪の間に鼻紙がころがっとったんで、うち何の気なしにその紙を拾うてシュンと鼻をかんだんよ。後から考えると、あの時、鼻の穴から妊娠したんじゃないかと思うとるん」

意表をつかれた菊枝は、一瞬のうちに、全身の血がみんな引き去ってしまったかと思われた。そのわけを一口で言うと、菊枝には菊枝で、性のかくしごとが、そこ〳〵であったからである。

あくる日菊枝は、三度目の意を決して分校にでかけて、芝根良二郎先生に面会をもとめた。

ちょっとここで説明しておくのも、あながち無意味ではあるまいが、この分校というのは、小学校と中学校が同居した、昔の寺子屋を彷彿とさせるような建物である。先生は小中学をあわせて五人である。先生のほかには、小使さんも居らず、生徒は全部で五十人内外というところである。

小使さんがいないから、宿直と下宿をかねて学校にねとまりしている芝根先生のような若い先生には、最高学年の女子が飯をたいたり、菜をつくったり、かわりばんこで世話をするのが、もうずっと前からの習慣であった。

菊枝が宿直室の土間に入って行くと、ひとりの女生徒が、まだ三時頃だというのに、芝根先生の夕飯ごしらえをしているのが見えた。

「あんた、忙しいところを、すみませんが、ちょっと芝根先生をよんでもらえませんか?」

とたのむと、

「はい」

女生徒は宿直室をかけだしたかと思うと、女生徒よりも先にスリッパの音がぱたぱた聞えて、万年筆を手に握ったまま、芝根先生が宿直室にあらわれた。先生は一張羅のふさふさしたパイルのコートなど着て、白粉《おしろい》もはたいた菊枝の外出姿にちょっと目を見張ったようであったが、

「何でしょう」

とぶっきら棒にきいた。

「あの、ちょっと折枝のことにつきまして、先生にご相談いたしたいと思いまして」

と、菊枝は思わず切口上になった。

「ああ、そうですか。では、ぼくの教室にでも行って貰いましょうか」

と芝根先生が、油気のない髪の毛を指でかきあげながら云った。

そして先生は先に立ってあるきだした。菊枝が下駄をぬいで廊下にあがると、

「へんなもんですが、ま、これでもはいてください」

と先生は下駄箱から、もう鼻緒の切れかかっている藁草履を出してくれた。

その草履をはいて、足をひきずるようにして、障子のはまった教室に通り、二人が生徒学習用の木の腰掛に腰をかけて対座すると、

「あの、先生、実はご相談と申しますのは、うちの折枝がまだ生徒の分際でありながら、大へんな粗相をしておるように思われるもんですから、それで……」

とぶっきら棒の先生には、ぶっきら棒に話した方が適していると思ってこう切り出すと、

「ああ、わかりました。じつは、その犯人はぼくなんです」

と芝根先生が、頭の髪に指をつっこんで、さも困ったように顔をしかめた。

「やっぱり、そうなんでございましたか。わたしもひょっとしたら、……とは推察していたんでございますが」

と、菊枝がぐっとつばを咽喉《のど》の奥までのみ込むと、

「間違いありません。で、実はあなたの所へぼくの方からご相談に行こうとこの間から思っていたんですが、何と云いましても、教師と生徒の間柄ですから、ちょっとその、バツが悪くて行きにくかったんです。どうも相すみません」

芝根先生は木の腰掛から立ち上って、ぺこんと一つお辞儀をした。

「それで先生、立ち入ったことをお伺いするようですが、お二人の関係は、いつごろからなのでしょう」

「ハア。ことしの秋分の日という日がはじまりでした。あの日は木曜日でしたが、折枝くんが当番でぼくの飯をたいてくれたんです。その日、二人の感情がセキをきったんです」

「と申しますと、お二人はその前から好き合っていたわけですか」

「そうです。それに違いありません。でも、もうこれ以上、きかんでください。そしてかなうことなら、折枝さんをぼくのお嫁さんにください」

芝根先生は木の腰掛から立ち上ると、もう一度ぺこんとお辞儀を示した。

「はあ、はあ。それはわたしも決心はしておりましたけれど、いま時たいへん封建的なことを言うようですが、あの子は一人娘なもんでございますが」

と菊枝が腹に力をこめてこう云うと、

「では、ぼくが折枝さんをお嫁さんにするのではなく、ぼくを折枝さんのおムコさんにして

ください」

と芝根先生がもう一度腰掛から立ち上って、ぺこんとお辞儀をした。

これで話は一応終った。終ると、菊枝はいくら年が一廻りもちがっていても、こんなところで男と女が対座しているのが、何となく気がひけた。

話したいことは山ほどあるが、いそいで辞去することにして、宿直室にひき返すと、当番の女生徒がいましも行平鍋《ゆきひら》にといだ米を七輪にかけようとしているところだった。

「あんた、それではちっと、水が多すぎはせん？」

と菊枝は女生徒に注意しないではいられなかった。

それから菊枝は宿直室の障子が二寸ばかりあいている隙間から、目ざとく中をのぞいてみたが、なかはほの暗くて、十分に様子はわからなかった。でも、菊枝は何となく胸がどきどきするのを覚えた。

ざっとこんなような工合で、芝根良二郎は来る二月十三日の大安の日を卜《ぼく》して、折枝さんのところにムコに行くことが決定しているのだそうである。媒酌人は本校の校長先生がつとめてくれるそうである。

式がすんだら、もう一度東京に出て大学院に入るのは、もっぱら菊枝さんの志望によるのだそうである。菊枝さんは杉山の立木をうって、かわいいムコのために学資を出してくれるのだそうである。

第七話　熱海温泉の潮風

某県某町で婦人科医を開業している水原さん（仮名）から手紙がきて、いろいろ科学的な教示をいただいた。

便箋にぎっしり十枚もつまっているので、全部を紹介するのは無理だから、要点だけ次に書き抜いてみることにしよう。

曰く、貴君をはじめ、文士や作家の如き人がこのごろよく金玉のことを睪丸と書いているのを見受けますが、あれは本当を云うと誤りであります。睪の字は睾と書くべきであります。わかりやすく説明すれば、睾の字は四つの幸、あるいは皿の幸ではなく、血の幸の宿る所であります。もっともこの節は当用漢字ばやりでこの字は当用漢字にも入れてもらえない不遇にありますが、文字にたずさわる人士は、根本的原理に通じておくだけの心掛は肝要でありましょう。

また、貴君は小学校一年生の時より握り睾丸がお好きで度々先生から叱責された模様でありますが、それは先生の方が無茶であります。ご承知の如く睾丸（正しくは精嚢）は暖い時には伸びておりますが、寒い時には縮みあがります。これを学問的に云えば陰嚢が中なる精子を保護するため温度の調節を行っているのでありますから、寒い時に手で握って暖めてやるのは中なる精子を保護するばかりか、頭脳も快適になり、従って勉強がよくできるようになるのであります。

申すまでもなく女子には睾丸がありませんから握り睾丸の快を味《あじわ》うことはできません。女子の卵巣組織は体内の奥深くかくれているからであります。これをいま少し説明しますと、男子の精子は熱に対して非常に弱く、病気などして異常高体温になると精虫が死んだり弱ったり、或いは精虫が作られなくなったりする危険があるから、常に陰嚢が体外にあって伸び縮みして温度の調節をはかっておるのであります。これにくらべると、女子の卵子はもっとヤバンなもので、熱に対する抵抗も強く、その必要がないと云うことになりましょう。熱に対する抵抗力ばかりでなく、寒冷に対する抵抗力も同然であります。

これを換言しますと、野の花は温室の花よりも抵抗力が強いのは御承知のとおりでありますが、つまりこれは医学的に云って男性は女性よりも高等な動物だということになるのであります。

ひるがえって中国には昔から「掬弄」という言葉があって、睾丸をやわやわといじりまわすと、長生きができるとされております。貴君の如く初老の方には自分は医家として、この方法をおすすめしたいと思います。この方法は貴君が小学一年生の頃から好まれたという、タンなる握り睾丸でなく、もっと積極的にもみほぐされた方がよいと思います。もみ手はあながち本人のみに限らず、時には奥さんの御手をわずらわされるのもよろしく、事情さえゆるせばもっとお若い御婦人の手を拝借されるのが、更に効果的だろうかと思います。

以上のごとく、大へん好意にみちみちた言葉で、この手紙は結んであった。

さてしかし、人からは初老といわれる私だって、昔は若い時もあったのである。

いまから、あれは三十年も前のことである。

むろんその頃、私は独身だったが、ある年の春先、といっても暦の上では二月だったと記憶するが、私は熱海へ入湯としゃれこんだ。

友人が三食つき一円でとめてくれる宿があるからと、紹介状をかいて呉れたからである。日本が不景気の絶頂のころで、その頃はまだ丹那トンネルは開通しておらず、東海道線は国《こ》府《う》津《づ》から箱根越えで、沼津に出ていた頃の話である。

熱海駅についた私は友人に言われたとおり人力車にのって、坂の中途のような所に建っているその旅館についた。何という旅館であったか名前は忘れたが、一口に云ってしまえば、アパートか下宿かのような構えの旅館で、部屋の数は二十近くもあったが、その部屋が三分の一もふさがっていないほどの閑散さだった。

しかし温泉に来たならまずは入湯というのが常識であるから、私はさっそく、一階よりも少し地下室のようになっている浴室におりて行った。

ガラス戸をあけて中に入ると、脱衣棚に一つだけ浴衣をそろえた丹前がぬいであるのが見えた。

で、私も大急ぎで丹前をぬいで、一坪ばかりの湯舟に目をやると、湯舟のなかに首だけ出して静かに沈んでいるのは、一見したところ二十歳前後の色の白い美人だった。

「シツレイします」

と私は云った。云うと同時にかけ湯もそこそこに私は湯の中にとびこんだ時、

「ドウゾ」

と女が答えたようであったが、はっきりは聞えなかった。

入湯にでも先輩と後輩はあるもので、私は何となくヒケ目を感じた。なおかつ、肉体美に自信のない私は、自分の肉体をなるべく空気にさらすのをさけて、女と同じように首まで湯に沈めて、浴室のとある方角に目をそそいでいた。

そのくせ心の中では、何か女に話しかけたい衝動があったが、男女の交際の未発達な当時のこととて、私の気持は一層ぎこちなくなるばかりであった。

そのうちぬるま湯の好きな私は、体がぽかぽか熱くなってきた。ざあァッと威勢よく湯から飛び上って、湯舟の縁にでも腰かければいいわけだが、それもできなかった。

そうして長い十五分間ぐらいがすぎた時、

「オサキに」と、落ち着いた女の声がきこえたかと思うと、女は湯から上った。

「は。どうぞ」

と私は云ったが、何か残念でならなかった。

でもそれでいくらか気持がおちついていて、私は湯に沈んだまま、女が体をふくのを見ることができた。女は背中を私の方に向けているから、すべすべした大理石のような背中からお尻がまる見えで、その美しさと云ったら、私がもし画家であるなら、いますぐにもカンバスから絵筆をとりだして一気カセイに描いてみたいほどだった。

そう思っている時、女はななめ横に体位置をかえた。あわてて私は半分だけ目をそらしたが、半分そらした目の中に映ったのは、女が半分だけ私の方に向いた姿勢で、ゆうゆうとパンツをはく多角的なポーズであった。

「おねえさん、ここには今、別品さんが泊っているなあ」

その晩、夕食の時、酒のお酌をしてくれている、オエイさんという四十に手のとどきそうな、お多福の女中に私はきいてみた。

「ああ、あの那枝さんのこと?」とオエイさんが云った。

「お気に召しました?」

「ああ、そうあらわに云われると、困るが、ちょっといけるじゃないか。どこの人?」

「いやにご熱心なのねえ。静岡市の在の豪農の娘さんですよ」

「ひとりで来てるの」

「いいえ、お母さんとご一緒」

「なーんだ。カンシつきか。それでは手を出さん方が無難だなあ」

「いいえ、いいのよ。あなたの手がついたら、お母さんきっと大喜びして、赤飯でもたいてくれますよ」

そしてオエイさんが話してくれたところによると、この母子には次のような奇妙な事情があることを、私は知ったのである。

その娘、那枝さんが小学校の六年のことであったというから、彼女が数え年の十二か十三の時のことである。

那枝さんは或る日、学校から帰って広い屋敷でひとりで遊んでいると、広い座敷の裏の石垣の間で蛇が交尾しているのを見つけたのである。

けれども那枝さんは、それが蛇のたのしい交尾であるとは知らなかった。蛇が喧嘩をして、一疋の強い蛇の方が、もう一疋の弱い蛇を、今にも食い殺そうとしているものと思い込んだ。

義侠心にとんだ那枝さんは、そこらにころがっていた竹の棒を取ってきて、蛇の頭をつついた。が、一向に蛇は喧嘩をやめようとはしなかった。

思いあまった那枝さんは、納屋に駈けて行って耕作用の鍬《くわ》をとってきて、はァはァ息をはずませながら、鍬の先で蛇の頭を叩いた。ところがこんどは、力がはいりすぎて、からみ合っている二疋の蛇を、一撃のもとに殺してしまったのだそうである。

「まあ、那枝、何をしてるの？」

台所口の方からお母さんがとんできて、正義心に昂奮している娘をとがめた。

「ううん、この蛇、あんまりお友達をいじめていたから、わけてやろうと思ったら、こんなになっちゃった！」

「まあ、いやねえ。あんたはもう、あっちに行っておいで」

母親は娘を現場から遠ざけると、交尾したまま死んでいる二疋の蛇を、ていねいに土の中に葬ってやったのだそうである。

しかしこのことがあってから、那枝さんは何かいんきな娘になって行った。いんきなのはまあ我慢できるとして、彼女は女学校を卒業しても、女の象徴であるところの月のものを見なかった。

「きっとあの蛇のたたりに違いない」

と母親は迷信をかついだ。そして、近所近辺はもちろんのこと、五里八里はなれた遠方でも、蛇神様という蛇神様にはみんな参詣して、娘のツミのお詫びをして歩いたが、それから四年たった今日《こんにち》でも、娘はメンスにめぐまれないのだそうである。

たのむ神信心も駄目だと溜息をついた母親は、温泉ゆきを考え出した。温泉はたいていどこでも混浴だから、娘が男の裸体を見ることによって、その刺戟によってメンスがさずかりはしないかという間接的な計略である。

「わたしなんか若い時、男が夜這いに来て、親を心配させたもんです。それなのにこの娘はこの年になっても、まだ、そんなことが一度もないんです。親って、男がくれば心配だし、来なければ来ないで心配が二重なもんですよ、オエイさん」

と母親は涙をぽろぽろ流しながら、オエイさんに告白したそうである。

「しかし、その話、ほんとかね」

と私は酒の場のことではあるし、オエイさんに反問しないではいられなかった。

「ほんとですよ」

とオエイさんが云った。

「しかしオエイさん、実をいうと、ぼくは今日、風呂場でその那枝さんなるひとを見たが、そんな不具者とは見えなかったぜ。おッぱいはこう大きくなっているし、腰骨も張っているし、その下にはちゃんとあるべきものも黒々としていたぜ」

私がぎゅっと盃をのみほして、オエイさんの顔をうかがうと、

「そんなことわたし、知りませんよ。でも、お客さんは、スケベエねえ、もうそんなところまでのぞいたんですか」とオエイさんは少しむっとしてみせた。

「いや、別にのぞいてみたわけではないが、ひとりでに見えたんだ」

「え、へ、へへ」

とオエイさんは歯ぐきを見せてわらって、

「でも、お客さん、本当にお気に入りでしたら、あのひとのところへ、夜這いに行ってあげなさいよ。さっきも言ったとおり、お母さんがよろこびますよ」

「だって、そうは云うものの、当のお母さんが目をさましたら、困るじゃないか」

「イクジなしねえ。そんなイクジのないことで夜這いができますか。でもねえ、お客さん。実のところその点にかけては、お母さんの方が気をきかして、お母さんは別に部屋がとってあるのよ」

「ほん当かね。……じゃあ、あの那枝さんという娘の部屋は何号室なんだい」

「那枝さんは三号室。お母さんの方が四号室。まちがえちゃア駄目よ」

すこし酒もまわったオエイさんは、わがことのように力んで頬をかがやかせた。

で、その晩、寝床にはいってからも、私は容易にねつかれなかった。私は電燈をつけてみたり、消してみたりした。電燈を消すと、今日昼間浴室でみた那枝さんの姿が目の前に浮んで、私の血をわきたたせた。

宿の玄関の方から十二時をうつぼんぼん時計の音がきこえると、私は意を決した。

私はふすまをあけて廊下にでた。廊下はしんかんとして、人影はなかった。

スリッパは自分の室の前においたまま、素はだしで抜足差足、私は三号室の方に歩いた。

そして三号室の前にとまると、ちょっと後をふりかえり、ふすまに手をかけると、ふすまがスルスルとあいた。

一瞬、その場につっ立って、中をうかがうと、

「はやく、しめて」

と女の小声が闇のなかから聞えた。

那枝さんは待っていてくれたのである。

けれども、目がなれるまでの数秒間を私がその場に立っていると、

「はやく、来て。わたし、くたびれたわよ」

と女があまえたような声で云った。

目がなれてくると、女は窓の方を頭にして、もう寝床の半分を、私のためにあけるようにして待っている。白い顔が闇のなかにくっきり浮んだ。

私は口のなかにたまったツバをのみ込みのみ込み、彼女に近づいて、彼女の蒲団のなかに辷《すべ》りこむと、

「あんた、じらしたのねえ。ぐずぐずしてると夜があけるわ。はやく抱いて」

と身をもがくようにして、せきたてた。

で、私は私でもう一刻も我慢ができないようなはげしい衝動がおこって、彼女の細い首に手を廻した途端だった。

「ヒャッ！」

と私は心の中で悲鳴をあげた。なぜなら彼女の体温は、氷を手で握った時のような、死人とおんなじ冷たさを、私は自分の全身に感じたからである。

気がついた時、私は自分の部屋で前後不覚みたいにぶるぶるふるえている自分を見出した。尾籠《びろう》な話になって恐縮だが、私の睾丸はなくなり、その上にくっついている筈の一物も、見えなくなっていたのである。

「さあ、大変」

あわてた私はまっさおになって、引っ張り出そうとしたが、あわてればあわてるほど、容易に出ては来なかった。そのうち、婦人科医の水原さんの文句ではないが、やや気持をおちつけて、やんわりやんわり「搾弄」しているうち、やっと元の状態に復元することができたのである。

しかしそれでもなお、私の不安はどかなかった。蛇のうらみか何かはわからないが、一度、そんな目にあったものが、ふたたびツカイモノになるかどうか、心配だった。

それを試験してみるのには、女郎屋にでも行ってみるよりほか、手近な道はなかった。

熱海は暖いところではあるとはいえ、二月の夜の風はつめたかった。つめたい潮風にあたりながら、私は深夜の街をぶるぶるふるえながら、女郎屋街の方へ下って行った。

第八話　このヘソ一万五千円

さて話はとぶが、ことしの一月十日——私のうちの女子大学二年生の娘が、突然、九州旅行に行ってくると云いだした。

「だって、お前、明日あたりから学校がはじまるんじゃない？」

と、私は晩酌の盃をふくんだまま、少したしなめるように云った。

「いいの。まだ当分休講だから。お父さん、汽車賃だけ援助してちょうだい。あとは、オール、美代子の自前でまかなってくるから」

「しかし九州って広いが、どこまで行くの？」

「どこか美代子もようはわからへん。とにかく鹿児島までの往復キップを買って、すきなところがあったら降りてみるつもりなの」

美代子は年末に、都内の一流デパートでアルバイトをやった。十二月一日から三十一日まで殆んど休みなしに働いて、かなり儲けた。その中から四千五百円だし、私も四千五百円すけてやって臙脂《えんじ》色パイルのオーバーを新調したので、この暖国色のオーバーを着て、日本の南端まで行ってみたくなった娘心が、私にはわかるようであった。

が、それはそれとして、美代子が旅行するといいだしたら、それを思い止めさす権利は私にはなかった。ちょっと渋るような顔は見せても、

「おお、行ってこい、おお、行ってこい」

と私の心の中は叫ばなければならなかった。

恥をしのんでタン的に白状すると、美代子は出べそなのである。それも少々の出べそではなかった。そうですなあ、センチでは何センチになるか、昔の尺貫法を使ってはかれば、ゆうゆう一寸五分は突破するかも知れなかった。

小児のころ、夏のあつい日なんか、美代子が茶の間であそんでいると、台所口をのぞいた御用ききが、

「おや、お宅のお坊ちゃん、よく太っていらっしゃいますなあ」

とお世辞を云ってくれることも、度々であった。

そんな時、美代子は坊ちゃんとよばれても、ちッとも苦にしなかったが、小学校を卒業して中学に入ったころからいささか彼女も彼女のおへそにコンプレックスを覚えて来たらしかった。

「うち今度の修学旅行やめとこかな」

とひとごとのようなことを云いだしたのである。心の中に屈託を秘めている時、美代子はよく疎開言葉を使った。

申すまでもなく、修学旅行にゆくと、友達と一緒に風呂に入らなければならないからに違いなかった。男女共学もよしあしで、どんな拍子で男生徒にも、見られないとは限らない、と警戒したもののようであった。

こんなわけで、美代子は一人旅を好むようになったのだが、だから彼女が旅行にでると云い出せば、親たるものその申し出に文句をつけることはできないハメだった。

というのも、もう一ぺん白状しなければならないが、美代子が生れた時、当時貧乏だった私は、私が取り上げ婆の代役をしてのけたからである。

晴雨まではっきりしているが昭和十四年八月は東京には雨がふっているのに甲子園は快晴で、海草中学が下関商業を5対0で敗かしたかと思うと、突如、独ソ不侵略条約が締結されたり、その責任を痛感して平沼内閣が総辞職したりした月だったが、この平沼内閣がぶっつぶれた晩のことだった。

台風は九州西岸から北の海にぬけたようなことをラジオが云っていたかと思うと、同じ蚊《か》帳《や》の中にねていた家内が、どうもオナカの調子がへんだと云いだした。

「赤ちゃんがトレーニングしてるんだろう。昔の幕府にだって皇室にだってあったことだよ。

もう九か月だから。陣痛も少しはトレーニングしておかなくッちゃ」

と私がなぐさめてやると、

「でもトレーニングにしちゃ、おかしいわ。何だか地ひびきがするみたい」

「ほんまかい。しかしそれが本当なら、産婆さんをよんで来ようか」

「でも、まだ一度もかかったことのない産婆さんが、来てくれるかしら」

「それもそうだなあ」

と云っているうちに、家内が、キャあーッと悲鳴のようなものをあげたかと思うと、怒濤のような温水が蒲団をぬらした。

「あんた、ちょっとのぞいて見て！」

「え？　のぞくのかい！」

と私は云って、いくら夫婦でも若干躊躇するものがあったが、細君の願望を無下に断るわけにも行かず彼女がひろげた産道の出口をのぞくと、もうぞろぞろ赤ちゃんが這い出ているのが目にとまった。

「おい。ほんものだ。もう一息、ぐっと力んで見い」

と私が力づけると、『ウーン』その途端、ごぼりと完全に赤ちゃんは大気の中にでて泣き出した。

「案ずるより生むは易しだわ。でも、あんた、次はへその緒を切ってくださいね」

と家内があえぎあえぎ云った。

「よッしゃ」

私はいそぎ台所に飛び込み、庖丁をとってくるとオキシフルで消毒して、赤ちゃんのお腹から胎盤につづいている細長いへその緒をちょんぎって、その上にガーゼを巻いて、取り上げ婆さんの役目をはたしたのである。

と、その時、雨戸のないガラス戸の外から、

「まあ、もうお生れになったんですか」

と、隣家の警視庁巡査の小母さんが、赤ん坊の泣き声をききつけてやって来て、私をせきたたせて湯をわかせ、産湯をつかってくれて、家内のお産は、あれみよ、それみよ、という間に無事完了してしまったのである。

戌《いぬ》年の女は安産する、というのは迷信だと説く者もあるが、家内の場合は本当だった。六日目には、私が手当をしたへその緒の先端もぽろりと落ちて、ガーゼの繃帯も無用になった。

「しかし、このへそ、ちょっと長くはないかなあ」

と私が首をかしげると、

「そのうち短くなりますよ。大は小をかねるッて諺もあるし……。わたし、あんたが何もかも皆して下さったんで、うれしいわ。もしあんたがして下さらなかったら、産婆さんの謝礼がいまごろは頭にきて、わたしそれこそ産褥《さんじょく》熱になっていたかも知れないわ」

と家内は家内らしい感想を洩した。

そうしてまだ若かった二人は、美代子のおへそが一寸あろうが一寸五分あろうが、大して気にもせず過ごしたのであるが、十数年たって本人の美代子が修学旅行にも行かなくなってから、はじめて本格的に親の身にこたえだしたのである。

ところで、美代子が九州旅行にでてから六日目の夕方であった。私の家に一通の電報が配達された。

ひろげて読んでみると、次のような文句が書いてあった。

オヘソヌスマレタ。デモゴシンパイハゴムヨウ。トウチハエンドウノハナザカリ。カエリスコシオクレル。ミヨコ。

美代子が打ったものだとわかると、夫婦は額を集めて電報を解読して、

『お臍盗まれた。でも御心配は御無用。当地は豌豆の花盛り。帰り少し遅れる』

と言ってきていることはわかったが、その真相は容易に摑めなかった。

発信局をみると、イブスキとなっていたので地図を出して調べると、このイブスキという所は、鹿児島から更に汽車で二時間余り南に下った、薩摩半島の先端にある温泉町の様であった。

「おへそを盗まれるって、ほんとにあの子、どうかしてるわ。それというのも、つまりはあんたがいつだって、あの子には甘くするからですよ。わたしは今度という今度は、九州くん

だりまで、女の子を一人で旅に出したくなかったんだけど」

と家内が罪の全部は私のせいであるかのような口吻でなじりつけた。

「まア、そうおこるな。豌豆の花ざかりだなんて、とてもロマンチックじゃないか。ほれ、ここにもちゃんと御心配は御無用と美代子が書いているじゃないか」

と私は電報用紙の上を叩いてみせたりしたが、しかしそれで私の胸がすッとしたわけではなかった。

ああ思い、こう思い、私の胸は痛んだ。いくら二十年前、自分の庖丁使いが不首尾で出臍になった娘の無用の長物であるとは云え、人に盗まれたとなれば気が気ではなくなるのである。気をもんだあげく、これは美代子のやつ、長い旅の道中、汽車の中ででも恋人ができて、九州の南のはずれの指宿《いぶすき》温泉でロマンチックな処女をささげたのではないかと解した。まさかそんなことが電報であけすけには書けないから、暗喩でもって、親に了解をもとめてきているのではないかと解した。

「よし、そんならそれでよし。おれはもの分りは悪い方ではないから、たとえ相手がチンバでも夫婦にしてやるぞ」

私はこう決心すると、いくらか気分が楽になった。そうして電報が来た日からかぞえて、十一日目の晩に、やっと美代子が帰って来た。

「只今」

玄関の引戸をあけて、声をかけた美代子の声は、大変威勢がよかった。

「おかえり。でも、あんたどこをうろちょろしてたの。葉書一枚よこさないで、お母さん心配するじゃないの」

玄関で愚痴を云っている家内の声がきこえた。

が、愚痴には取り合わないかのように、オーバーをぬいだジャージのツーピース姿で、美代子は私の部屋に入ってきた。そして、

「お父さん、ただいま」

と二本の手をついて挨拶したので、

「おう、よく帰ったな。この家、さがさなくっても分ったかい」

と多少皮肉をまじえて返事をしてやると、美代子は畳の上にきちんと坐った二つの膝を両手でさすりながら、

「あら、あんなこと。だって、あたしこの家のムスメですもん」

とすねたみたいに上体をゆすった。

「それにしても、盗まれたおへそは出て来たのかい」

私が単刀直入に気になっていることを切り出すと、

「ううん。出て来ん」

美代子は照れたみたいに、顋《あご》をさすった。

「しかし、いったい、どこで盗まれたんだい」

「言うわ。お父さん。あたし、指宿温泉の海岸の摺ヶ浜というところで、砂むし風呂にはいったの。あちらはもう春よ。沢山の人が海岸で一列行列みたいに並んで、砂むしになっている光景、とッても愉快なのよ。それで美代子も、こころみて見たの」

「そこは、野天かい」

「モチよ。で、美代子は三十すぎた女のひとの横に行ってハダカになって、仰向けになって砂をかぶせてもらったの。すると、横にいたその女のひとがいろいろ話しかけてくるじゃないの。そのひとは別府のひととかで、大正十四年生れのオールド・ミスなのよ。この大正十四年生れの女のひとには、統計的にみても、オールド・ミスが一等多いんだって。ところが美代子は昭和十四年生れでしょ。だから年も丁度十四ちがうわけよ。そんなことから何となしに気が合って、いろいろ打明話なんかしているうち、美代子のからだがとろとろいい気持になって、ねてしまったのよ」

「うん……それで……」

「それで美代子、何十分眠ったか、そこんところはハッキリしないけれど、目をさましたら、そのオールド・ミスのひと、横にいなくなっていて、美代子がはッと気がついたら、美代子のおへそもなくなっていたのよ」

「じゃ、そのオールド・ミスが盗んだんだね」

「そう。でも、盗んだというのは、美代子の思い違いで、厳密に云えば、彼女が無断借用したといった方が法律的解釈かも知れないわ。なぜかと云えばちゃんと借用証書が美代子の枕もとにおいてあったの。

『あなたのおへそ、しばらく拝借いたします。賃借料として一万五千円添えておきます』とこんな置手紙がしてあって、お金もちゃんと一万五千円耳をそろえてあるじゃないの」

「まあ、一万五千円も！」

と家内が横から目を白黒させて口をはさんだ。

「ま、お前はちっと黙っておれ」と私は家内に注意を与えて、

「なるほどなあ。それで美代子は、その一万五千円でもって、あちこち飛び廻っていたって訳だね。旅費の点がどうもあやしいと、お父さんは気をつかっていたんだが」

「そうなのよ。それで美代子うれしくなっちゃって、青島だの、霧島だの、阿蘇だの、島原だの、天草だの、雲仙だの、九州のいい所はみんな見て歩いちゃった。面白かったなあ」

「ところで、美代子が盗まれた……のじゃアなく借用か……その借用されたお臍のあとはどんなになっているの」

「オヘソ？　フフン、なんでもないわ。すこしこんどは凹《へこ》んだぐらいよ」

「ちょっと、お父さんに見せてくれんか」

「いやだア。いくらお父さんの命令でも、美代子、もう数えの二十二よ。いつまでもコドモ

じゃアないわ」

なるほど、そう云われてみれば、そうに違いなかった。でも親となれば見たくもあったが、それは美代子が昼寝でもしている時、そっと盗み見でもするよりほか、方法はないようであった。

ところがそれから数日すぎた節分の日だった。街に豆を買いに出た家内が帰ってきて、

「あんた、駅の前の宮崎牛肉店に、美代子のおへそのようなものが売りに出ていますよ」

と真顔になって言いだした。

「まさか。それはお前の目の錯覚だよ」

と私はカンタンに片付けたが、

「でも、あんたちょっと確かめて来て下さい。宮崎牛肉店の、向って右のソーセージ売場に出ていますから」

とぶるぶるふるえながら云うので、天気はいいし私は散歩がてら街に出た。いや、出ようとして玄関をあけた途端だった。私の頭とぶつかるような塩梅で、郵便配達が徳用マッチぐらいの大きさの小包をおいて行った。

名前をみると、宛名は美代子となっていた。裏を返してみると、差出人の名前はなかった。差出局はどこかと、切手をしらべてみたが、スタンプはかすれて見えなかった。

私は異様に胸がどきどきしてきた。美代子は学校に行って留守だったが、何となく一刻を

あらそうような気持におそわれて、無断ではあるがあけてみることにした。

ひきちぎるように小包の糸をはずすと、ボール箱の中から赤いキレー紙にくるんだものがあらわれ、更に真綿でくるんだ美代子のお臍がでてきた。

「おい、これ、美代子のだな」

と私は玄関の式台の上につっ立っている家内に云うと、

「ええ。まちがいありません」

と家内は顎の先が乳のあたりまでとどかんばかりに深くうなずいた。

で、宮崎牛肉店に並べてあるというおへそは、家内の錯覚だということがはっきりしたのである。

が、それとは別の話になるが、私は小包をあけた瞬間から、この小包の中には異常に美しい匂いがするのを覚えた。私ははじめ、それは香水いりのキレー紙の匂いだろうと思った。しかし時間がたつにつれ、それはキレー紙自身の匂いではなく美代子のお臍自身から発している物だと分った。

いや、美代子のお臍自身の匂いというよりも、もう一人別の女性の体内から分泌される、たとえば女性ホルモンとでも名づけるものの匂いだった。

私は異性だから、その点敏感だったけれども家内は気付かぬ風であったから、その点私は内証にしておくことにした。

キッス・タイム

青い情事

一

バス・ガールの矢口弘子はひとりで夕飯をすますと、赤いセーターに下駄をつっかけて、散歩に出た。

といっても、ここは甲州のはずれの宿屋が五、六軒しかない温泉場で、見るものは山、聞くものは谷川の音といった淋しい場所だ。

サンポなどというしゃれた行動は、夏の浴客ならともかく、土地の者でする者はなかった。それなのに、弘子がなぜ、そんなことをする気になったかというと、弘子は何となく気がかりなことがあったのだ。

弘子がつとめているバス会社のM温泉行きは、中央線N駅を午後五時五分に発車する。そしてこれがM温泉行きの最終バスである。

その日、Nの車庫を出たカラ車が飯塚運転手の運転で、駅前の広場についた時は、すでに下り列車は定刻どおりN駅に着いたあとであった。車が方向転換する間ももどかしく、列をつくって並んでいた乗客が三十人ばかり、どやどやとバスに乗りこんだ。

その前から四、五人目にいた年が二十前ぐらいの女の顔を見た瞬間、弘子は、ハッと胸をつかれた。

野崎以久子に違いなかった。

以久子は、かつて弘子が恋愛をして肌まで許したことのある野崎道彦の妹なのだ。

思い出せば、去年の夏。もうすぐ夏休みがはじまろうとする七月初めのむし暑い夜だった。定時制の高校に通っていた弘子が、井之頭公園駅でおりて改札口をぬけ、十足ばかり歩いた時だった。

「おい、弘ちゃん、いま帰りかい」

と声をかけられたので、ふりかえるとキップ売場で右の手はキップ売場の窓口にさしこんだままのような格好で野崎道彦が上体だけこちらに向けているのが見えた。

「ええ。道彦さんはこれからおでかけ？」

と弘子が多少からかい気味をまぜて言うと、

「うん。渋谷まで行って、生ビールでものんでやろうかと思って出てきたところさ」

道彦は半分は照れたような、半分は得意なようなくちぶりで言った。

「いいわねえ、大学生は。学期試験なんかないんでしょう」

「うん。いまはないが、そのかわり十月にあるよ。キミはいまが試験の最中かい？」

「ええ。今日は英語だったの。わたしちっともできなかったわ。試験さえなければ学校もたのしいんだけど」

弘子が顔をしかめて大仰な溜息をつくと、

「なーんだ。弘ちゃんもあんがい気が小さいんだなあ。じゃ、おれが景気なおしにアイスクリームでもおごってやろう。英語なんか白紙で出しても、先生は六十点ぐらいはつけてくれるもんだよ」

弘子は編入試験をうけて定時制にはいったので、ことに英語がニガテであったが、道彦にこう言われると、なにか胸がほっとした。

道彦は落第にかけてはベテランであった。父親が医者だから、父母の希望で高校を出ると医科大学の試験をうけたが、みごと失敗してしまった。一年まって翌年もうけたが、また失敗してしまった。また一年まって、その翌年もうけたが、またまた失敗だった。

で、医者のおやじもサジをなげた格好で、いま道彦はある私立大学の商科に通っているのであった。

一方、弘子は道彦の父が経営している野崎内科小児科医院の見習看護婦として住み込んでいる身なのであった。

二人は公園に通じる坂道をくだった。するとその坂道をおりきったあたりからはもう公園の一部で、うす暗い林の間を恋人同士がたのしそうに手をつないで歩いているのが見えた。

「ね、道彦さん、あんたボートこげる？」

と弘子が言った。

「ボートぐらいこげるさ、でも、もうボートは九時で終わりなんだ。そら、みんなあそこの橋のたもとのところに帰って行っているだろう」

「あら、ほんと。そういえばほんとにそうねえ」

橋のたもとで小父さんのような人がピイピイ笛をふいているのは、もう時間がおしまいだぞと知らせているもののようであった。たいていのボートに若い男と女が二人ずつ乗っているのがなんとなく弘子の情緒をそそった。

「おい、弘ちゃん、キミここで待ってろ。おれ、約束のアイスクリーム買ってくるから」

と、道彦が言った。

そこは池に面してはいるが、頭の上に杉の梢《こずえ》がかぶさったさびしいというよりも、むしろ怖いような場所だった。みると、杉の根元に木のベンチが一つおいてあったが、弘子はつっ立ったまま待っていると、「なあんだ。いやにしんみりさせるなあ。まだ英語の試験、気にしているのかい。バカだなあ。そら、これ、おあがりよ」

道彦はアイスクリームの函を二つ、弘子の手に押し込むように握らせると、自分はベンチに腰かけてぱくりはじめた。弘子も立ってたべるわけにもいかないので、道彦と並んで腰をおろした。

そして弘子が二個のアイスクリームのうち、一つを食べ終わった時、

「弘ちゃん、おれ告白するがね。おれはキミが家《うち》へ来た最初の日から、キミがすきだったんだよ。でも、弘ちゃんはおれなんかきらいだろう」

「ううん。きらいではないわよ」

と弘子は言った。

「きらいではないということは、好きでもないということか」

「ううん、ちがうわよ」

「じゃ、どうなんだ」

「どうって、一口にはいえないけれど、ツマリ、道彦さんとわたしは身分がちがうでしょ。だからすいても結局はムダだと思っていたのよ」

「へん。婉曲なことを言うなあ。じゃ、弘ちゃん、キミは婉曲なことがすきだから言うが、キミはいまおれの右側に腰掛けているね。そのキミがおれの左側に座ろうと思ったら、どんなにしたらいいかね」

「この、道彦さんの膝の上、とびこえるの?」

「ちがうよ。それじゃ、婉曲にならないよ。まず、君はそこに立つんさ。さあ、立ってごらん」

弘子は、ベンチから体操の時間のように二本の足をそろえて立ち上がると、

「そう、そう、その要領だ。それから、このベンチの後をぐるっと回って、こっちへ来るのさ。さ、やってごらん」

弘子はいわれたとおり、ベンチの後をぐるりと回って、道彦の腰かけている左に腰をおろすと、その瞬間、道彦はまるで軽業師が芸当でもするかのように弘子の両頬を両の掌にはさみこんだかと思うと、次の瞬間、ぬらぬらした唇が弘子の唇をぴったりとふさいだ。

そうして、何が婉曲どころか、それから時間にして五分もたたないうち、弘子はベンチから十メートル奥の杉林の中の草むらで、何が何だかもわからず、完全に道彦のものになっていたのである。

二

けれども不思議なもので、弘子は次の日から道彦を恋い慕うようになっていった。同じ屋根の下に住んでいるのだから、顔はしょっちゅうみられるけれど、弘子はそれだけでは満足できなかった。どうせミブンが違うことだから、結婚にまでこぎつけられるかどうか、あや

しいものだという不安はあっても、いや不安があればあるほど、弘子は二人きりで道彦にあいたかった。

「ね、道彦さん、あんた、ほんとにわたしを愛しているの」

と弘子は三畳の女中部屋で、道彦の腕に抱かれたまま、道彦の耳もとでささやく。

「愛しているさ。愛していないのに、こんなことしないよ」

「ほんと？」

「ほんとにきまってるよ。おれはキミの頭ごと食べてしまいたいほどだよ」

「まあ、それ、ほんと？」

弘子はたまらなくなって、道彦の耳たぶにかみつく。

こんな夜が毎晩つづいた。

けれども、家のものは誰ひとり気づくものはなかった。道彦の勉強部屋は二階にあったが、みんなが寝しずまった夜更け、彼は廊下に豆粒一つころげたほどの足音もたてず忍んでくる術を心得ていたからであった。

ところが、最初の公園の夜からかぞえれば早いもので、そんな夜が三ヵ月もつづいて、それは忘れもしないが、十月二十一日のことであった。

道彦は前期の試験が終わって旅に出た。

道彦は大学の部活動では美術研究部に属していて、部員数人と一緒に関西、主として京都、奈良のお寺を見学して歩くことになったのだ。

「商学部の学生とお寺というの、なんだかちぐはぐみたいね」

と弘子がいうと、

「冗談じゃない。これからの商売人は、一流審美眼をそなえていなくちゃ、時世に立ちおくれるんだよ。早い話が、三越や西武のようなデパートでさえ、しょっちゅう、絵の展覧会や仏像の展観をやっているじゃないか」

と道彦は言った。

「ミヤゲは何がいいかね」

「そうね、……わたし、京都のヤツハシがいいわ。でも、道彦さん、そんなにムリしなくてもいいのよ」

と弘子は言った。

それよりも一週間も、道彦とわかれているのが弘子はつらかった。

夜学をおえて、弘子は井之頭公園駅におりた。駅の時計をのぞくと、時計の針は九時十五分をさしているのが見えた。たしか東京駅を九時発車だと道彦が言っていたから、道彦はいまごろ品川あたりを走っているのだとおもうと、はなれいくわびしさに、弘子は乳のあたりがきりきり痛むような感じを覚えた。

それから駅からあるいて七分、弘子は野崎内科小児科医院の玄関に立った。玄関の前に鉢植にしておいてある蘇鉄の葉にやどっていた夜露が一つ、ぴかッと光ってコンクリの上にころげた。

こつこつ靴音をひびかせて、弘子は裏口にまわり、

「ただいま」

と、声をかけると、弘子の帰りを待ちあぐんでいたかのように、道彦の母が茶の間の火鉢の前に頑張っているのがガラス戸ごしに見えた。

「ただいま」

ガラス戸をあけて、畳に両手をついて弘子がもう一度声をかけると、奥さんの目がぎろりと光った。

そのただごとならぬ目つきに、弘子は一瞬心臓がとまってしまいそうな恐怖を覚えた。

――と、奥さんが、

「弘子さん、ちょっとここにきてお座り」

と案外やさしい声で言って、火鉢の前を指さした。いや、その声はつとめてやさしく言おうとするけれど、わなわなふるえた。

なにがなにやらわからず、黒い靴下の足を二本きちんとそろえて、弘子が火鉢の前に座ると、

「あんた、ちょっとききたいことがあるんだけど、正直に言ってくれるね」

と奥さんがきゃしゃな右の指を左の指で握り込むようにして言った。

「はい」

と弘子は言った。

「ではきくがね、あんたはまだ処女かね」

と奥さんが言った。

その単刀直入な言葉をきくと、弘子はぽおッと耳の根元まで真っ赤に染まってくるのを意識したが、うつむいたまま、

「ハイ」

と割合いに、はっきりした声で答えた。

「でも、おかしいじゃないの。あんたの顔、いま真っ赤よ。あたしはもう処女ではないと、はっきり顔に書いてあるじゃないの」

と奥さんがあびせるように言った。

「でも、ほんとなんです」

「じゃあ、うちの先生にたのんで、あんたのからだを診察してもらってもいいかい」

「いやです」

と弘子は強くかぶりをふった。

「それ、ごらん、いやでしょう。いやなのは、あんたがもう男を知っている証拠じゃない

の」

「でも、ほんとなんです。そんな恥ずかしいこと、なぜ奥さんはおっしゃるんですか」

と、弘子はもう奥さんの顔がまともには見ていられない心地で、畳の上に泣きくずれた。

「泣いたって、けがれた体がとり返せるものでもないでしょう。ね、弘子さん、あんたがいくら白ばくれたって、あたしはちゃんと証拠をつかんでいるからこそ、こう言ってるのよ」

「…………」

「さ、おきてごらん。これ、あんたのスーツケースの中からでてきたのよ」

弘子は、泣きながらどきりとした。

なぜかといえば、昨夜、道彦がつかったゴムの製品を、弘子はスーツケースのなかにしまい込んだまま、今日すてるのを忘れていたからであった。

それにしても、カギはかっちりかけておいたのに、奥さんはどんなにして取り出したのであろう。

さても不思議な気がして、弘子は細目をあけて眺めた。が、奥さんが泣いている弘子の顔先につき出しているのは、正真正銘、見覚えのあるノートの紙にくるんであったそれに違いなかった。

「お母さま、なにをそんなにのんびりした問答してるのよ。さっさと肝心なことをききなさいよ」

隣りの部屋から道彦の妹である以久子のじれったそうな声がかかった。

「では、弘子さん、あたしからきくがね。あんたのその相手の男は、いったい誰なんだい」

と奥さんが、ぶるぶるふるえる声で言った。

「お母さま、きまっているわよ。その子がうちのお兄さんを誘惑したのにきまっているじゃないの。ああ、けがらわしい。甲州女は品行がわるいと何かの本にも書いてあったけれど、ああけがらわしい」

唾でもはきかけるような、甲高い以久子の声がつんざくように襖《ふすま》ごしにきんきん鳴りひびいた。

そうして電報でよびよせられた父親にひきとられて、そのあくる日、弘子は甲州に帰ってきて、まもなくバス・ガールの職にありついたのである。

三

それから一年がすぎていたのだ。

その間に道彦からは何の音沙汰もなかったが、弘子は道彦とのレンアイが結婚にまで辿りつけないのは、ほぼウンメイだったとあきらめているが、しかしもう一度どこかで偶然にでも会いたい気持はすてていなかった。それなのに、道彦よりも先に、弘子をインバイか女郎かのように口ぎたなく罵った以久子にこんな所でめぐり会おうとは！

とはいえ、以久子がいまはバス・ガールになっている弘子に気づいたかどうかは、わからなかった。

以久子はN駅でバスにのって以来、一時間二十分、窓外に去来する甲州の秋景色には目もくれず、ハンドバッグのなかからとり出した文庫本によみふけっていたからであった。その態度は、以久子が弘子に気づいてわざと目をさけているのか、或いは全然その反対であるか、にわかに判断はくだせなかった。

「みなさん、終点にまいりました。毎度ご乗車ありがとうございます。どうかお忘れもののないよう、ご下車おねがいいたします」

弘子が叫んだ時、バスの乗客は数人しか残っていなかったが、以久子は下車する時、乗車券を持っていなかった。そのかわり、先に立った色の黒い二十四、五の男が二枚、乗車券を弘子にわたした。

「なあんだ。アベックだったのか」

と弘子は意表をつかれた。それにしてもアベックは車内でも、とかく身体と身体とを接触させたがるものだが、この二人は全然その素ぶりを見せなかった。

「それにしても、このアベック、どこの宿屋にとまるのかしら」

弘子は気にかかって、それとなく二人のあとを目で追った。が、二人はどこの宿屋の玄関にもたたず、橋をわたって谷川ぞいの県道を、山の奥の方へ向かって辿って行ったのである。山の奥にはもう宿屋はなかった。夜を徹して歩けば、あくる朝、信州のどこかの村にでるぐらいのものであった。

「ひょっとしたら、山の中で心中でもする気なんじゃないかしら」

弘子はそんな気持が頭にうかんで、何となく気になってサンポに出たのだ。

ところが、三四丁ぷらぷら歩いて行った時、一台の自動車がでこぼこの坂道をあえぎながら登って来て、弘子の目の前にギィと停まったかとおもうと、

「おい、弘子ちゃん、さっきからキミをさがしていたんだ」

運転手が運転台からとびおりて、息せききって言った。運転手はN駅前の野沢タクシーの鈴木平吉という、すこしうすのろではないかと思われるほど善良な男だった。

「さっきね、キミが乗った終バスにあやしげな男女が、乗り込んでいなかったかい」

「あやしげなッて、別にあたし、気づかなかったけど」と弘子が山の上に目をそそいでシラをきると、

「でもさ、N駅の改札係はたしかにM温泉行きの終バスに乗り込んだというんだそうだ。おれ、こまっちゃったよ」

「どうしてこまるの」

「だってさ、へたをすると、その若い東京者は心中をしかねない傾向があるんだってさ。男

の方がとても悪いやつなんだそうだ」

「へえ。誰がそう言ったの」

「頭がにぶいなあ。おれ、その若い女の母親なるひとを乗っけて来てるんだよ。ともかく弘子ちゃん、おれもお客さんもとても急いでるんだ。だから、ま、ま、ま、これに乗って、キミ、その女のひとに会ってやってくれよ」

鈴木運転手は、自動車のドアをあけると、弘子の肩に手をかけて、客席におしいれた。弘子は何か抵抗したいものが胸のうちにあるけど、善良な運転手の平吉の手にかかっては、むげに振りはらうこともできなかった。

自動車がせまい山道を逆回転するにはかなりの時間を要した。排気音が谷間にこだまして、日はとっぷりくれてしまった。弘子は陽明館の前で待っているというあの若い女の母親なる女性の姿を想像すると、胸がどきどき鳴って、歯ががたがたふるえてくるのをどうすることもできなかった。

……ああ、神さま、その女はどうか、なるべくならば野崎以久子の母親ではありませんように……。

過ぎたるは

A

ことしの四月、東洋女子大学文学部の一年に入学した野崎以久子は、落合輝彦という哲学講師にへんに興味を抱いた。

背の丈は五尺あるかなしの小男のくせに、肩がいかつく、カミシモを着たような格好だった。

背の低いのをごまかすためか、先生は教室にはいってきて学生に一礼すると、教卓の前に自分の姿をかくすように腰をおろして、さっそく講義をはじめた。

「哲学とは何か。ここから考察をはじめよう。しかし何より始むべきか。何が初めであるか。初めとは何か。何とは何か。この東洋女子大学はボロ校舎である」

学生たちはノートにペンを走らせながら、くすくすしのび笑いが起こった。

「笑ってはいけない。初めに理由があって、ボロになったのである。ともあれ、ボロと空腹と疲労を感じながら、心は今、深く太古の処女林に踏み入って、淋しく迷いに迷っている。男性然り。女性また然り。迷いの森は淋しき曠野《こうや》を感じさせる。この感じこそ真実ではあるまいか。しかしこの処女林のふところに抱かれたとき、初めて淋しさが愛に変ずる。この愛こそ、人間の真実のようである。その真実こそ、一切の始まりのようである」

なんのことかわからないが、以久子は一生懸命に筆記して一時間が終わった。

みんなはどんな顔をしているかと、付近をみると、みんなも何が何のことやらわからないながら、へんにコーフンしているようであった。

新調の革カバンをぶらぶらさせて、国電の駅に帰る道すがら、

「さっきの、落合先生ね、インポだってよ」

と同級生の一人が、物知り顔で言いだした。

「インポって、なあに?」

と一人がきいた。

「なあんだ。あんた、インポを知らないの。世間にうといなあ」

「なによ、インポって?」

「インポって、インポテントの略よ」

「わかんないなあ。ポテートなら知ってるけれど」

「そういえば、落合先生の顔、ポテートに似ていない？」

「名言やなあ。あの先生、口ひげも頬ひげもあごひげも生えてェせん。なんだか、うち、物足らんなあ」

「そやかて、先生、まだお若いんだもん。そのうち、たんまり生えてくるかも知れへん」

「よういわんわ。お若いだなんて、先生、もう三十を過ぎていらっしゃるのよ」

「こら、こら。大阪弁つこうて、話をそらしてはいかん。インポテントも知らないような女子が、よくも女子大学の入学試験にうかったもんや。さては、オマエたち裏口からコミッションつこうて、こそこそ入学してきたんやな」

「ノー」「ノー」

「エヘン」「ヘン」

わざとらしい咳ばらいがおこって、インポの話は立ち消えになってしまった。というのも、その時、一連のグループは靴音たかく国電の駅に到着したからであった。

以久子は家にかえって、こっそり本箱から英和辞典を出してひいてみた。

インポテント。(impotent)(形) 力なき　無能の　生殖器不能の
とでていた。

が、以久子は、それがどういうことを意味するのか十分にわからなかった。

以前、中学校や高校の生理の時間に、男女の交接については、先生から教わったことがあ

るので、男性の精子が女性の卵子と結合して赤ちゃんができることは知っていたが、不能というのがどんなことかわからなかった。

父は医者で、内科小児科が表カンバンになっているが、たのまれれば、妊娠中絶もやっている。その意味において、めぐまれた環境にあるわけだが、そうかといって父や母に直接きいてみるのも、何となく遠慮だった。

B

十日あまりすぎた朝――。

以久子が、私鉄の井之頭公園駅から国電の吉祥寺駅でのりかえて、電車にのった時だった。もうサラリーマンの出勤時間はすぎて、電車は比較的すいていたので、空席を見つけて、以久子が席に腰をおろして一分ぐらいたった時だった。ちょうど目の前のつり革にぶらさがるようにして、背の低い男がバンドの上に臍まで出かかったような姿勢で、書物をよんでいるのが目にとまった。

「あら、落合先生」

と以久子は思わず声に出して叫んだ。

「先生、どうぞ」

以久子が素早く立ち上がって、先生の肩をおすようにすると、先生はあまり気乗りもしないような風情で座席に腰をおろして、

「キミ、一年生？」

と聞きながら、以久子がスーツの胸につけた東洋女子大のバッジを見つめた。

「ハイ。一年の野崎以久子と申します」

立ったまま、お辞儀をすると、

「そう」

先生は、そんな名前など覚えたくもないような無愛想な顔付きで、手に持っていた書物に視線をおとした。

以久子はさびしい気がおきた。

できることなら、どこか場所をかえたくなったが、それもできなかった。見るともなく見ていると、先生のオンボロの洋服の肩には、頭のフケがごみのようにたまって、はたいてあげたい気がつのるけれど、まさかこんな電車のなかで、そんな、なれなれしい真似もできなかった。

じれったい気でいると、

「キミの家はどこ？」

と先生がぽつんと聞いた。顔はあげないで、目はドイツ語の書物に注いだままだった。

物を読みつづけた。

「三鷹の牟礼《むれ》というところです」

以久子は答えたが、先生は聞こえたのか聞こえないのかもわからないような素振りで、書物を読みつづけた。

長いような短いような、いらいらした時間がすぎて、電車が中野駅のホームにはいった。

「先生、中野でございます」

と以久子がうながすと、

「ぼくは、今日は習学院」

と先生が目もあげないで言った。

以久子はちょっと、その意味がわからなかったが、電車が発車しそうになったので、乗降口にいそぐと、後ろから、

「そう。じゃ、気が向いたら、遊びにきたまえ」

と独り言でも言っているような、先生の声が聞こえた。

C

こんなことがきっかけで、以久子は先生の家へ遊びに行くようになった。

とはいえ、本当に行ったのは、それから二た月もすぎた後であった。なぜかといえば、先

生がどこに住んでいるのか、調べだすまでの苦労が、並み大抵ではなかったのである。

はじめての時、それは六月のはじめのまだ梅雨のあがらない日曜日の午前であったが、

「先生」

と小声でいって、先生が住んでいる三鷹駅から十分ほどの公団住宅の一室のドアをノックすると、

「おう。はいりたまえ」

と、先生の大きな声が中からした。

あまり長く廊下に立っているのも、人に見られるような気がして、身をかくすように以久子が室の中にはいると、先生はまだ寝床の中に仰向けになったまま、本を読んでいるところであった。

「先生、もうお昼ですよ。お起きになりません」

ほこりが一寸も積もったような室の片隅に膝坊主をたてて以久子がこう言うと、

「ぼくは、今日は晩まで寝ているつもりなんだ」

「でも、先生」

「うるさいなあ。隣りの部屋がキッチンだから、キミはコーヒーでもいれて、のんでくれたまえ」

「はい。では、コーヒーがはいったら、お起きになりますわね」

以久子は念をおして隣室のキッチンにはいり、ガスに火を点じ、湯をわかしていると、何となく自分が奥さんにでもなったような錯覚をおぼえた。

これから一時間か二時間あとに、自分の体にどんな未知な世界がひろげられるか、そのことを思うと胸がはずんだ。

が、せっかくコーヒーをいれて、先生の枕もとに持って行った時、先生はぐうぐう寝入ってしまっていたのであった。どうやら先生は昨夜は徹夜して、今朝も起きつづけていて、今の今ねむったばかりらしかった。鼻をつまんでやっても、何の反応もしめさないので、チッキショウ、

(先生のおバカさん。以久子が熱い熱い接吻をしたのも知らないでしょ)

以久子は机の上にあった原稿用紙に、大きな文字でこう嘘の置き手紙をしるして、アパートを出た。

あとから考えると、少々オーバーだったような気がして、思い出すと顔がほてったが、その時のくやしさは、実際にこんな塩梅であったのである。

だから二週間、間をおいて、以久子はまた先生を尋ねた。もう、今日こそは乗るかそるかのような気持ちだった。

「先生」

と、しのびやかな声をかけて扉をノックすると、

「どうぞ」

と中から先生の寝たりたような声がひびいた。

「先生、お早うございます。……あら、いやだ、また寝ていらっしゃるの」

「寝ていては悪いか？」

「いえ、そんなこともありませんけれど、この間は、くやしくてくやしくて仕様がなかったもの」

「ははあ。お前、あの時、ほんとにおれにキッスしたのか？」

いつもとはまるっきり人が変わったように口すべりがいいので、

「フフフン」

以久子は身をくねらせて、娼婦のように笑ってみせた。

「仕様のないやつだなあ。そんな所に棒のように突っ立っていないで、ここへこないか」

「行ってもいい？」

「仕様がないじゃないか。哲学というものは、淋しいところから、愛と真実が生まれるんだ」

「では先生、ちょっと目をつぶって頂戴」

以久子は先生が顔に皺をよせて目をつぶったのを見極めると、スーツをぬぎスカートをはずした。ブラジャーもはずし、ストッキングもはずすと、パンティ一枚の軽快な真っ裸になって、先生の寝床の中めがけて、ゴムマリのように飛び込んだ。

「ねえ、センセ」

「なんだい」

「はやく、以久子の首、抱いて」

「そう、そう、いそぐな。しばらくの間、仰向けになって、一、二、三と数を九百九十九まで、かぞえてごらん」

「いやよ。そんなことしてたら、先生この間みたいにぐうぐう寝入ってしまうから。すかん先生」

以久子がすねたようなしぐさで先生の体にすりよると、そのひょうしに以久子の膝頭が先生の大事な一部分に当たった。

「イタ、タ、タ」

先生はびっくりして、手をその部分にもっていったが、間もなく、悪い奴をしばるかのごとく、先生の右膝が以久子の両足をぎゅっとおさえた。ざらざらした足毛の感触が以久子の皮膚につたわった。かとおもうと何秒かすぎて、先生の片足は以久子の両足を、膝頭で二等分するかのようであった。

「イ、イヤ」

と、以久子は叫んで先生の首にかじりついた。

「やァだなあ。あたし、とうとう負けちゃったわ」

以久子は残念そうな声でつぶやいたが、心のなかは口でいうほど残念ではなかった。

いや、先生がインポだなんてデマをとばす女子学生があったので、以久子は父の医学書などひっぱり出して気をもんだこともあったのだが、女子学生たちはやきもち気分であんなことを言っていたのがわかって、以久子の歓喜は普通の二倍にも三倍にも達した。

いつの間にか日が暮れて、数時間にも及ぶ長い歓喜も、まるで宇宙的天文学的数字のように、たった一分か三十分ではなかったかのような恍惚のうちに過ぎた。

D

ところがそのあくる朝のことであった。

以久子がその日は八時からの講義があるので、七時前に家を出ようとして玄関におりた時、診察室の電話がジイジイなりだした。以久子は何気なく引きかえして受話器をとると、

「以久子さんだね。ぼく、落合。至急にキミにきてもらいたいんだ」

と落合先生の声が聞こえた。

以久子は急いで受話器をおいた。それから靴を足先にひっかけたまま、逃げるように玄関をでた。あとから母でもあらわれて、「だれからかかったのよ」と聞かれそうであったが、

さいわい家のものはだれも気づかなかったようであった。

以久子は駅へ着くまでなるべく内股にあるいた。電車にのってからも、いつもよりお行儀よく、両足を内側にそろえた。

恋するもののエチケットというのでもあるまいが、以久子は、もう昨日の朝の自分と同じではなかった。これからまた恋しいひとに会えるのだとおもうと、期待に五体が、かっかと燃えたつのをどうすることもできなかった。

ところが、先生の部屋をノックして中にはいると、

「以久ちゃん。キミ、処女だったのかい？」

と先生が、いきなり投げすてるような調子できいた。

「モチよ。でも、どうしてそんなことをお聞きになるの？」

「まあ、ちょっとここにきて見てくれ。おれの大事なムスコが、へんにはれあがったんだよ」

「ほんと？　脅かさないでよ」

「ほんとか嘘か、まあちょっと見てくれ」

どうも冗談ではなさそうな気配だった。先生が蒲団の上に起きあがって、浴衣の裾をめくったので、こわごわのぞくと、ほんとに先生のそれは赤味をおびてはれ上がっているようであった。

「いたいの？」心配になって、真顔になって以久子が先生の顔をのぞくと、

「うん。淋病とか梅毒とかいうのと違うかなあ」

昨日まで童貞童女だった二人は、ない知恵をしぼってひそひそ協議したが、もとより結論がでるはずもなかった。が、一時間ばかりたって、そこは何といっても医者の娘、恥や外聞をいってはいられないから、いやがる先生を鼓舞して病院につれて行くことになった。通りにでて、二人はタクシーをひろった。以久子はノートや本のつまった革カバンは先生の室においてきたので、運転手はこれは本当の若奥さんかと勘違いしたかも知れなかった。

「荻窪の矢北病院までおねがいします」

と、以久子が運転手に命じた時、何となくそんな気がした。病院では皮膚泌尿器科をえらんだ。一時間もうす暗い廊下の長椅子で待っている時、

「おれ、帰るよ」

と先生が駄々をこねるのを、以久子は何度もなだめすかさなければならなかった。

やっと順番がきて、先生は診察室にはいって行ったが、半時間ばかりして出てくると、

「さあ、行こうよ」

枯れ木でも折るように言った。

「でも、先生、おみたてはどうでしたの？」

「うん、性病ではないそうだ」

「では、なんですの？」

「半月もすると次第に治るそうだ」

ギリシャ哲学の大学講師も、こと、あそこの病気になると、てんで意気地がなかった。

「ではあたし、お伺いしてくるわ。先生、帰っちゃいやよ」

以久子はどんどん皮膚泌尿器科室にはいっていった。そしておめず臆せず奥のほうのテーブルにひかえている医長先生めがけて進んだ。

「先生、あの、落合の病気の病名のことなんですけれど」と声をかけると、

「あ、あなた、奥さんですか」

カルテに何か書き込んでいた医長先生が机の上においてある眼鏡をかけながら言った。

「ご主人のご病気は性病ではないから、その点ご心配はいりません。ただちょっと珍しい病気でしてねえ」

「何というんでございましょう」

「持続性勃起症というのです」

「原因はどんなことから起こるんでしょうか。やはりキンが付着するとか何か……」

「いや、キンとは全然関係ありません。まだ現在の医学では、はっきりつかめておりませんが、学者とか音楽家とか精神をつかうひとに多いように思います」

「家庭で何か注意してやることはございませんでしょうか」

「そうですね。やはり房事は当分つつしんでいただきたいですね。といっても、患者のほうが嫌悪しますから、これは特別に申し添えるほどのものではありませんけれど」

以久子はていねいにお辞儀をして、皮膚泌尿器科室をでた。

そして、落合先生はその後約二週間、矢北病院に通院して、イミダリンという注射をうつことによって、あれがもとのごとくに平素はしぼんでいる状態に復することができたのである。で、以久子は、その後およそ一週間に一ぺんぐらいの割合で、先生のアパートに通って、予後の警戒にあたっているのは、まずはめでたしめでたしというところなのである。

キッスSOS！

■

東洋女子大学一年生、野崎以久子の同級生梶本利加子の様子が、どうも最近へんになった。

（きっとあの子、男ができたんだわ）

と、以久子はにらんだ。

もう男を知った以久子には、どことなくそう感じられるのである。

十二月はじめの寒い日、午後の講義は落合講師の哲学で、みんながたがたふるえながらノートを取った。

落合講師が、

「そこで所謂《いわゆる》事実が立場を通して世界に専属するか分属するかという問題は、容易に決せられそうにもない」

と講義すると、

「ハクション」

と、くしゃみをするものがあった。

「所謂事実と立場との関係が不明瞭であり、のみならず事実というのがすでに曖昧ではないか」

と落合講師が講義をつづけるとまた、

「ハクション」

と、くしゃみをするものがあった。

「立場に対して種々の事実が与えられていて、単に立場はこれらの内から任意に選択するようにもあり、或いは立場がそのままの事実のうちから対象として一事実を認めるのか、それともまた立場が事実を産み出すのか曖昧である」

と落合講師が講義すると、また、

「ハクション」

と、くしゃみをするものがあった。

なんだか、聞きようによっては、わざとらしいくしゃみで、以久子は落合講師と自分との肉体関係をだれかが嗅ぎつけて、声のデモンストレーションをしているのではないかと勘ぐってみたが、事実はそうではないらしかった。

大学構内の銀杏《いちょう》の葉はもうみんな散りつくし、関東の山岳部では雪がふったそうで、その影響で東京も急激に午後から寒くなったのであった。

二人の関係はもう半年近くになるけれど、だれも知ってはいないのである。早くだれかが知ってくれればいいような気がしなくはないけれど、その反対にヒミツは長いほどたのしいようにも思われた。

「利加子さん、いまの哲学の時間、ずいぶんクシャミをしていたわねえ」

校門を出て、しばらく行くと、以久子は利加子に追いついて、利加子の背中をぽんと叩いて言った。

「だって、東京は寒いもん。うち、田舎へ帰りたくなったわ」

利加子は、すねたように肩をふった。

「あんたの田舎、そんなに暖かい？」

「うん」

「どこなの？　あんたの田舎って？」

「丹波よ」

「丹波って、そんなに暖かい？」

「とおもうんだ。落合先生の哲学って、うち、ちっとも判らないもの。〝所謂事実と立場との関係が不明瞭であり、のみならず事実というのがすでに曖昧ではないか〟なんて、いったい何のことなの」

「そのように曖昧なのが哲学ってものなのよ。あんた男の子と接吻したことある？」

「あるわよ」

「どんな味がした？」

「そんなの、口に出しては言えないものよ。曰く言い難しだなあ」

「もう一つのほうは？」

「もう一つのほうも、行為してみると、何が何のことやら、わからへん。そんなもんや」

「相手はどんなひと？　差し支えなかったら教えて」

「相手の人は、目下同棲中の人よ」

「へえ！　あんたもう同棲してるの？」

「そうよ」

「いつから同棲したの」

「そうね、もう二タ月半位になるかなあ」

「恋愛？」

「モチよ。あんた色々なことがききたい？　だったら、ラーメンでもおごらない？」

「うん、いいわ。おごってよ」

二人は、国電駅前にある名店会館の三階にある中華料理店にはいって行った。

二人は、一番奥の壁際の席に差し向かいに腰掛けると、以久子が、

「ラーメン、二つ」

とボーイに注文した。

「ね、以久子さん、じゃ、うち、老酒《ラオチュウ》おごるわ」

と、利加子が水仙の鉢の横においてあるメニュウを見ながら言った。

「老酒って中国のお酒？」

「そうよ。甘ったるいようなお酒よ」

■■

利加子の卒業した丹波のＨ高等学校では毎年春、在京同窓会があるのである。

どこからどう調べたのか、利加子にも今年の五月、通知がきた。

会費は一般は千円だが、学生に限り二百円で、会場は丸ビルの中にある有名な青容軒だった。

東京にきた興奮と女子大生になった興奮で、利加子が時計の針と相談しながら青容軒に着いたのは、丁度午後五時であった。が、それから会が終わるまで、女性は彼女ただ一人きりであった。

利加子より一年または二年上級だった顔をしっている男の大学生が数人いたのがせめてものタヨリで、利加子は何度会場から逃げて帰ろうかと思ったか知れなかった。

で、利加子は、

「うち、帰るわよ」

と何度も昔上級生だった男大学生に言った。そのたびに、男大学生は彼女をおしとどめた。あとから考えると、そっとぬけ出す方法はいくらもあったのだが、何となくその時はそんなことをしたら失礼な女だと後ろ指をさされるような気がしてならなかった。かといって、会はパーティ式で、言ってみるならば、立ち食いのつまみ食いであるから、田舎からぽっと出の女子学生にとっては、大変都合がよくなかった。

「おい、梶本クン、のめよ」

男大学生が面白がって、しきりに彼女のコップにビールをついだ。

「でも、うち、のめんのよ」

と利加子がことわっても、男大学生は男女同権論などもち出して、じゃんじゃん利加子にビールをついだ。

なんとなくヤケのような気持ちでのみながら、代議士の日上兵士郎の長いテーブル・スピーチをきいていた時、利加子は急にくらくらっと眩暈《めまい》がしてその場所にしゃがみ込んだ。かと思うと、胃の中のものを吐いてしまった。

ボーイがとんできて、吐いたものの始末をしてくれるのを彼女はかすかに覚えているが、後はまるで記憶がなかった。あくる日は日曜日で、利加子が百人町のアパートで目をさますと、彼女は自分の室の一隅に座布団を腹の上にのせて一人の男がねているのを見出した。洋服の上着だけをぬいだ姿だった。

「目がさめた？　気分はどう？　水をあげようか」と、男が言った。

顔見知りの男大学生ではなかった。

「失礼ですが、あなた、どなたですか」

「やっぱり、みんな忘れているなあ。ぼくはキミより一級下の西山元子の兄だよ。つまりキミより四級上の西山正徳だよ。幹事からキミを下宿までつれて行ってくれるように頼まれて、連れてきたんだよ」

「どうもすみません」

と言って、利加子は布団の襟に顔をうずめた。わけがわかってみると、恥ずかしくて恥ずかしくて仕様がなかった。

でも布団で顔を覆うと、利加子は西山に親愛の情がわいた。西山がH高校の現役から、すぽっとT大に受かった秀才であることは、彼女が高校に在学中から、在学生のあこがれの的のようになっていたからである。

「西山さん、いま、どこにお勤めなんですか」

利加子は闇の中からきいた。

「ぼくは南球建設にいるんだ。土方の主任みたいなことをしているんだ」

「オクサンは？」

「奥さんなんか、いないよ。結婚したって、まだ女房は養えんもの。だけど本当のことを言えば、ぼくは何となくキミがすきになったよ。これも何かの縁というのかなあ」

「…………」

「実は白状しておくが、キミが好きになったから、昨夜キミの寝顔に一つだけ、セップンしたよ。覚えているかい」

「…………」

「じゃ、さよなら。ぼくの下宿はこのつい近くだから、また遊びにくるよ」

「…………」

西山はドアをあけて廊下に出た。廊下に足音がして、その足音は階段をくだって、やがて聞こえなくなった。

けれどもそう言いながら、西山はなかなか遊びにこなかった。下宿はついこの近くだと言ったが、名前を知らないからには、こちらから尋ねて行くわけにもいかなかった。いらいらした三カ月がすぎて、暑中休暇も終わって、九月の新学期がきて、夜はそぞろに秋の気配がアパートの窓際までしのびよっているような夜であった。机によって、利加子が原書で字引

をひきひきモームの小説をよんでいると、

「今夜、泊まっていってもいいかい」

と、突然労働服のような姿の西山が、ドアをノックもしないではいってきた。

「まあ、西山さんなの！　あなた、どうしていたんですか。うち、よっぽど会社のほうに電話でもかけてみようかと思ったんだけど」

「会社にかけても、ぼくは社にはいなかったんだ。出張で、三カ月も富山のほうへいっていたんだ」

「だったら、お手紙でもくだされぱいいのに」

「といっても、このアパートの名前を忘れていたんだ」

「ウソ！」

「ウソでも本当でも、もうそれはすんだことだ。あがってもいいかい」

「あがらなくては、泊まっていけないでしょ」

「しかし、泊まるということは、結婚の前提になるんだがなあ」

「いいわよ。わかっているわよ」

半畳の土間につっ立ったまま、上がろうともしない西山の手をとると、吸われるように利加子の胸は西山の胸にとびこんだ。

とび込んだ利加子を西山がかかえ、長い長い、長さに換算すれば一メートル半もあるようなキッスがつづいた。

一睡もできない興奮の初夜があけて、何の躊躇もなくその翌日、利加子は西山のアパートに移っていったのである。

■■■

ところが同棲してから五日目の晩だった。

すっかり奥さん気分になった利加子は、真新しい白いエプロンを洋服の胸につけて夕飯の支度をととのえて、西山の帰りを待ったが、西山はなかなか帰ってこなかった。一分、二分と時計の針がセコンドを刻むのがやるせなく、西山は約束の時間より三十分もおくれた。

「利加子」

とドアがあいて西山が半畳の土間にはいったのと利加子が西山の首に抱きついたのは、どちらが早かったかわからなかった。

新婚家庭としては、別にとりたててめずらしい光景とも言えないが、光景と実質とはそれぞれ個人の情熱差によることで、三十分間の遅れを取りもどすように積極的気分を加味して、利加子がタテにナナメにべちゃべちゃ西山の口を吸っていると、

「ア！」

利加子は頬っぺたのあたりに不思議な快感を覚えた。

が、快感とおもったのはほんの一瞬のことで、利加子は全く予想もしないことであったが、彼女の顋は、はずれていたのであった。

「ア、ア、ア」

と利加子は西山に向かって叫んだ。叫んだつもりだが、声にはならなかった。子供のような涎《よだれ》がだらだら、口の間から白いエプロンをぬらして流れおちた。

けれどもそこは相思相愛、声には出さなくても、西山もことの次第をおぼろげながら了解して、二人は取るものも取りあえず、アパートを出た。

医者の選択などしてはいられないので、一番近くの内科小児科の看板のかかった横丁の医院のベルをおすと、ドアがあいて、五十すぎの老人がでてきた。セルの和服姿であったが、それが当のお医者さんらしい様子であった。

「あの、実は、こ、こ、この家内の顋がはずれたらしいんですが、ちょっとみて下さいませんか」

と、西山がどもりながら言った。

「ああ、アゴがのう」

とお医者さんが言って、利加子の顔に目をやった。

「どれ、ちょっと手をはずしてごらん。おお、これは完全にはずれとる」

「…………」

お医者は晩酌をやっていたところらしく、ぷんぷんお酒の匂いが利加子の鼻をついた。

「治していただけましょうか」

と、西山が利加子にかわって言った。

「治るとも。はずれたものは、元へもどせば治る。どれ」

お医者は中腰になると、両手で利加子の顔をはさんだ。

「イ、タ、タ」

と、利加子は叫ぼうとしたが、声は出なかった。

「すこし痛いかも知れないが、我慢しなさいよ。あんたも、もう、子供ではないんだから」

と、お医者が言った。

言ったかと思うと、お医者は両手ではさんでいた一方の手を利加子の頤の下にあてがい、もう一つの手で利加子の耳のあたりをぎゅっと突っこむような動作をしたかと思うと、

「キクッ」

と、奥歯の奥のほうに奇妙な衝激があって、利加子の頤は正常に復した。

「あら、どうも、ありがとうございます」

利加子は正常な声でこう言うと、うれし涙がぽとぽと流れた。

「ありがとうございます。処置料はいかほどでしょうか」

と、西山が言うと、

「そんなもの、いらないよ。サービスだ。そのかわり、あんたたち今後はキッスも程度を心得てなさるがいいね」

お医者はにやりと笑って、廊下伝いに奥へはいっていった。あまりに図星をさされて、利加子は顔が真っ赤になって、穴があればはいりたいような気持ちで、お医者の玄関をでた。

でてから百メートルばかりいった時、

「ねえ、どうしてあのお医者さん、あんなへんなこと言ったのかしら」

と西山をふりかえると、

「あの医者、だいぶ酔っていたから、からかい半分で言ったんだよ」

と、西山が怒ったような声で言った。

「ねえ、あんた、怒ったの？」

「怒りはせんよ。しかし、面白くないなあ」

「ごめんなさいね」

利加子は西山の手をそっと握った。

そして甘える子供のように、西山の体にもたれかかるようにして、しばらくいくと、表通りの明るい光線が路地にさし込んできた。

その光線で、ふと仰ぐと、西山の鼻の下から頬にかけて、赤い紅がぬりたくった絵具のようにくっついているのが目にとまった。

「ねえ、ちょっと」

利加子は握っていた手に力をこめてその場に停止すると、

「何だい」

と、西山も同時にとまった。

「ちょっと待って。あんたの顔に私の口紅が一ぱいくっついているのよ」

「どこに？」

西山は手を顔にあてて、顔をぬぐうようにしたが、むろん本人にわかりっこはなかった。

「ちょっと待って。ご自分で、いじらないで……」

利加子はいそいで、ハンカチをさがした。が、ハンカチは持ってきていなかった。塵紙もなかった。窮余の一策、利加子はエプロンの裾をたくしあげ、その先端にツバをつけ、愛する西山の顔をごしごしふいてやったのである。

■■■■

ラーメンをさかなに生まれて初めて老酒という酒をのみながら、以久子は利加子の愛の告白をきいているうち、奇妙に自分の体がぽかぽかしてきた。

「もう一杯のむ？」

と、利加子がきいた。

「ううん、もういいわ。あんたの二の舞いじゃないけれど、こんなところでゲロをはいたら醜態だもの」

「それもそうやね。はじめはこの位にしておくと、段々に手があがるのよ。でもうち、本当のことを言えば、今日はあんたの恋愛の告白がききたかったんだけど」

「それはまたこんどにするわ。あんたのようにデラックスなのではないもの」

以久子は何だかミイラ取りがミイラになったような、立ち遅れたような寂しい気持ちでこういうと、

「そうね。それがいいわ。急ぐばかりが人間の能じゃないもの。こんどゆっくりうかがうわ。それはそうと以久子さん、うち、ちょっとこの顫をはずしてみせてあげようか」

「………？」

「この、顫よ」

「………？」

とっくりと意味がのみこめないでいる以久子の前で、利加子は利加子の右の手を顫にかけて、ぐっとねじるように曲げると、彼女の顫がぱくっとはずれた。

「ア、ア、ア」

利加子が、これを見よと言わんばかりに、自分の手で自分の頤を指さしたかと思うと、「ポクッ」と両手で頤をなでるような動作をして、利加子は頤を平常の顔にもどしたのである。

あきれはてた手品で、以久子はしばらく物も言えなかった。呆然とあっけにとられて無言で利加子の顔をみていると、

「だれにも言わんといてね。将来ムスメができた時、結婚の邪魔になるからね」

と、利加子が口留めして笑った。

「うん。だれにも言わないことよ」

と、答えて、以久子は何となく一刻も早く、自分の恋人である落合先生の胸にすがりつきたいような妙な衝動にかられた。

夜が悪いの

青葉寮といえば聞こえはいいが、実際は土産物屋の物置を改造した四畳半ばかりの一室である。

だから表には看板も標札もでていない。土地のひとだって、知らないものが多い。いや、知っているものは、二人か三人くらいのものである。

それというのもこの寮は、バス会社の庶務係が事務の関係上、勝手につけた名前で、この鉱泉地に着いた終バス勤務のバスガールを一泊させて、あくる日の始発に乗車させるまでの、かりの寝ぐらにさせているにすぎないからであった。

冬の寒い晩、本間文枝がその青葉寮の寝ぐらでねていると、

「おい、文ちゃん。もうねたかい」

と、しのぶような声が梯子段でした。川原につき出たように建っている物置の二階には、

外側からのぼれる十二段の梯子がついていた。その梯子の中ほどから声をかけているのは、運転手の曾根良吉の声に違いなかった。

「ええ、ねるのはねたけれど、目はさめているわ」

と文枝は返事をした。

「何かご用？」

「うん。本社から電話が、かかってきてねえ。ちょっとあけてくれないか」

曾根があたりをはばかるように、小声でいった。

「そう、じゃあ、ちょっと待って」

文枝は寝床から起きあがると、電気のスイッチをひねった。それから寝間着の上にオーバーを羽織って戸をあけると、外は闇夜でさっと電燈の光がまばゆげに曾根の顔を照らした。

「何よ？　いまごろ電話って？」

文枝はいいながら、からだがぶるぶるふるえた。

「今かかってきたんじゃないんだ。三時間も前にかかってきたんだが……、あがってもいいかい？」

「いいわよ。こんなところで話をしているのを人にみられたら、おかしく思われるかも知れないわよ」

文枝は恋人でも迎え入れるように曾根の手をとってやった。なれないものには危い梯子段だから、もしこんな所で曾根がころがり落ちて怪我でもしたら、それこそ曾根が夜這いの汚名を着、文枝も同時に淫乱の汚名を着ねばならないように思われたからであった。

「さすがは女の部屋だけあって、きれいにしているなあ」

荒壁にピンではりつけてある映画俳優のグラビア写真を見回しながら、曾根がいった。

「なにを感心しているの？　でも、紅葉寮《もみじ》はもっときたないの？」

紅葉寮というのも女子の青葉寮と同じように別の土産物屋の二階の一室にすぎないが、会社ではそう名をつけて、社員もそう呼んでいるのであった。が、文枝はまだその室にあがったことはなかった。なんでも以前は、男女とも同じ寮にねとまりしたのだそうだが、襖一枚へだてただけではどうしても往来がはげしくなって、それはまあいいとしても、妻ある男に女が惚れこんで、とどのつまり心中にまで発展した事件があってこのかた、会社は経費はかかるけれど男女別々に寝とまりさせる方針に切り替えたのだそうである。そしてよっぽどの緊急用件でもないかぎり、青葉寮と紅葉寮の訪問の仕合いは社規で厳禁されているのである。

「それに、ここには、電気炬燵まであるなあ。会社が買ってくれたのかい」

「ううん。違うわよ。これ、今夜は特別寒いからって、橋元屋さん（土産物屋の屋号）が、かしてくれたの」

「橋元屋は親切だなあ。あの爺い、頭はすっからかんに禿げていても、いやに気をきかせるなあ」

「そんな、皮肉みたいなことといわないで、あんたも少し暖まってお帰りなさいよ。このお布団、きたないけれど会社のものよ」

文枝は良吉よりも年齢は五つ六つ下のくせに、何となく自分が姉のようにふるまうのが、自分ながら不思議でならなかった。

「で、あんた、さっきの緊急用件って何なの？」

「いや、緊急ってほどのことでもないから、明日いおうと思っていたんだが、実は、矢口弘子クンがね、風邪をひいて熱を出して明日欠勤するそうで、キミは明日は非番だけど代勤してくれるようにって、会社から電話があったんだ」

「ああ、そうなの。うん、いいわよ。でも、矢口さんの風邪ってきっと仮病よ」

「どうして、仮病って、わかるんだ？」

「わけがあるのよ」

「わけって、どんな？」

「そんなこと、女のよしみとして、軽々しくはいえないわよ」

「チェッ」

舌打ちすると同時に、差し向かいに炬燵にあたっていた曾根が、文枝の膝小僧を足先でもってこづいて、

「水くさいことをいうなあ。そんなにおれはキミに信用がないのかい。よし、じゃあおれは

もう帰る」

曾根はおこったように半腰をうかした。

「いやよ。おこって帰ったら、後味がわるいじゃないの。もうちょっと居て！」

文枝はあわててひき止めた。これでも、心の中で苦心して室内にいれてやったのに、そんなに早く帰られては、せっかくの苦心も水の泡になるような気がしたからであった。

曾根は家庭の事情で早く結婚したが、半年ばかり前、細君に死なれた不幸な男なのだ。それでというわけではないが、文枝は曾根のあまり社交上手でない、それでいて、自動車の運転には細心の注意を怠らない人柄に好意をよせていたのだ。であるから文枝は、勤務が曾根とコンビになる日が一等安心でもあり、楽しくもあったのだ。

「ね、では教えてあげるわ。ひとにしゃべったら嫌よ。きっといわないわね」

「いわないよ」

「じゃ、指きりして……」

文枝は炬燵の中から手を出して、曾根の目の前に差し出したが、曾根はちょっと文枝の指先にさわったに過ぎなかった。

「何だかたよりないわ」

文枝は不満でそういってやりたかったが、口に出すのは控えて、曾根の濃い眉毛をみつめて話しだした。

「弘子さん、きっと明日、恋人にあいに東京に行くのよ。あのひと、うちの会社のバスガールになるまで、東京にいたの、知っているでしょ」

「うん、なんでも、お医者さんの家で女中をしていたとかいうなあ」

「女中ではないのよ。看護婦見習いっていうんだって」

「言葉はちがっても、同じようなもんじゃないか。梯子段のことをタラップというようなもんだよ。おれ、ここに上がってくる時、そう思ったんだ。なんだか飛行機にのる時のような気持ちになったんだ」

「すると、あたしが運転手ってわけ？　でもこのまま本当にアメリカまですっ飛んだら、どんなかしら」

「きっと、海の上におっこちて、オダブツになっちゃうよ」

「こわがらせないで。……それで弘子さん、その看護婦見習いをしている時、そのお医者さんの家の大学生と恋愛しちゃって、肉体の関係までできたんだって。毎晩々々、夜の夜中になると彼氏が彼女の部屋にしのんできて、あげくの果て、家のひとにばれちゃったんだって」

「へへえ。といえば、つまり現場をさしおさえられたって訳かい」

「現場じゃないのよ。彼女と彼氏が現場でつかった用具を見つけられて、その証拠物品を目の前につきつけられて、彼女有無はいわされず、即日家を追い出されて甲州に帰ってきたんだって。工合の悪い時には悪いことが重なるもので、その時大学生の彼氏は修学旅行で関西へ行っていて留守だったから、彼女、ツミを一人でひき受けたような格好になってしまったんだって。その彼氏から一年三ヵ月ぶりに手紙がきて、彼女明日その昔の恋人にあいに行くのよ」

「へへえ。あの弘子クンがかい。ひとは見かけによらんもんだなあ。ところで、そういうキミも陽明館の三公と仲よくしているのと違うかい」

「まあ、わたしが三ちゃんと？　だれがそんなことをいった？」

「いや、だれもいいはしないけれど」

「わたし、三ちゃんなんて、大嫌いよ」

文枝は、真顔になって否定した。でも否定しながら自分の顔が、ぱっと赤くなってきたように思えた。三公というのは、もともと浅草あたりのチンピラで、愚連隊と喧嘩をして脊椎にヒビを入らせ、この鉱泉場に治療にきて、宿泊代がなくなって、そのまま陽明館に居ついて風呂焚き番をしている青年なのだ。その三公が、去年の夏のある晩、文枝が橋の上で夕涼みをしている時、通りかかっていきなり文枝にキッスをしかけたことがあるのだ。文枝はいきなり三公を肘で突きとばしたが、それでも耳のあたりに三公の唇がかすかではあるが、ふれたことがあるのだ。

「いや、まあ、そうおこるな。しかし三公がキミを見る時の目は、ちょっと神妙な目つきになるからなあ。まさかキミがあんな男になびくとは思わないけれど、おれはずっと先からちょっと気にかかっていたんだ。ところであの三公のやつ、このごろでは、あの陽明館のおかみさんとできているらしいんだよ」

「まさか」

「と、おれも初めは信用しなかったんだが、やっぱり本当らしいよ。考えてみると陽明館のおかみさんは後妻で、当主はもう六十五、六になるのに、あのおかみさんが三十をちょっと出たばかりの、いわば女ざかりなんだから、やっぱり評判のほうが正しいかも知れないんだよ」

「あんただれにきいたの?」

「女中のオマッつぁんにきいたんだ。そういえばオマッつぁんは、いつの間にか女中をクビになって信州に帰ってしまったのは、きっとオマッつぁんがいては工合の悪いことがあったのに違いないんだ」

「ああ、そういえば、本当にオマッつぁんはこのごろ見かけないわねえ。……あんたオミカン食べる?」

「うん、あれば食べるよ。煙草があれば一服すいたいんだけど、紅葉寮に忘れてきちゃった」

「煙草は、ここにはないわよ」

半間の押入れにしまっておいたミカンを取りに文枝は立ったが、再び炬燵にはいる時、文枝は曾根の横に直角にすわった。

というのは、曾根の身近く寄りたいという欲望からではなく、立ってみると自分のいままで坐っていたところだけに敷布団が大げさに敷いてあり、自分だけが上等の席にいるのは、何だかお客さんに対して申し訳けがないような気持ちがしたからであった。

だが、結果的には気持ちの問題とは別に文枝の欲望はもえてきた。

肩と肩がふれ合い、膝と膝とがふれ合っているうち、文枝の肉体はかっかと燃えて、まだオミカンを半分も食べ終わらないうち、二つの肉体は畳の上にころげて、文枝は曾根の愛を完全にうけ入れている自分に気づいた。

なんだか、もう三年も五年も待ちうけていた願いがかなったような幸福な気持ちで、文枝はあくる日の朝、制服を身につけて、陽明館にいそいだ。

陽明館の調理場の裏口からはいると、

「ばかに早いんだなあ。こっちは、まだこれだよ」

と調理人の飯田さんが、ブラシで歯をみがきながら、口の縁に歯みがきの青い泡を一杯つけていった。

「そう、そんなに早かったかしら」

文枝は、何となく飯田さんの目がじろじろ自分を見ているような気がして、思わず目をふ

せてスラックスの腰のあたりに目をおとすと、

「いや、失礼。あんたが早かったんではなく、こっちが寝坊したんだよ。支度ができるまで、そうだなあ、一風呂あびていらっしゃいよ。風呂はよくわいているはずだから」

バス会社の社員は陽明館と特約ができていて、宿直の朝晩はこの陽明館の調理場の隣りの小部屋で食事をとることになっているのだ。

「そう。では、わたし、お風呂をいただいてくるわ」

文枝は長い廊下をつたって、廊下のはずれにある浴室におりて行った。

浴室は、ちょっと地下室のようになったところにある。

春から秋にかけては、男と女は別口だが、いまは冬枯れのさびしい季節で、男湯だけが立てられ、女も男湯にはいることになっていた。

文枝は脱衣場でゆっくり洋服をぬいだ。もう自分も昨日の自分ではないと思うと、なんだか気がはって、ズロースなんかも乱れ籠の一番底のところにおしかくした。

それからお湯にはいってどんぶり首までつかると、大きな風呂の中には自分がたった一人だけなのを幸い、両の乳房を両手でおさえて、しずかに昨夜のことを反芻してみた。

すると、よく雑誌や本でみるキッスという行為を自分たちはしなかったことに気づいた。

「ひょっとしたら、曾根さん、わたしが三公にあんな乱暴なことをされたのを知っていて、敬遠したのかしら。わたしの歯は虫歯一本もなく、ましてや歯槽膿漏のような病気はしたことはないから、へんな匂いなんか金輪際していないはずだけど」

文枝がそう思っている時、ガラス戸ががらっとあいて、当の曾根がはいってきて、水泳でもする時のような勢いで浴槽にとび込んだ。

「曾根さん、お早う。昨夜、よく眠れた？」

と、文枝がきくと、

「うん。眠るのはよく眠れたが、おれ、腹がぺこぺこだなあ」

曾根はそういって、タオルを両手にひろげたかと思うと、そのタオルを湯につっこんで、ぶるぶるぶると顔を洗った。

「あら、曾根さん、汚いわよ。こんなお湯で顔を洗っては」

文枝が注意すると、

「あ！　そうか！　でもいいや。このお湯は温泉だから殺菌力だって十分にあるんだろ」

曾根はもう一度、タオルにお湯をふくませると、ぶるぶるぶると顔を洗った。どうやら、照れているのは文枝のほうではなく、曾根のほうであった。

文枝は湯に沈んだまま、親指の爪先であるいて曾根に近づくと、

「ね、曾根さん、昨夜、あんた、忘れものしなかった？」

と耳もとでささやくと、

「…………？」

曾根は、それがなんのことかわからず、不審な面持ちで文枝を見かえしたので、

「キッスよ」

と文枝がきっぱりいってやると、

「ああ、なんだ!」

曾根が思いだしたように、文枝の全裸の背中に手を回し、しずかに文枝の唇に彼の唇をおしあてた。

それから曾根は、文枝の背中をなでるように、搔くように、くすぐるように、指先でもてあそんでいたが、その手先が段々もう少し下のほうにさがった時であった。

脱衣場にスリッパの音がして、だれかがはいってきた気配がした。

とその気配を感じたのと同時に、がらっとガラス戸があいて、一人の男がはいってきたのと、文枝と曾根が、ぱっと離れたのとが、ほとんど同時だった。

「えへん。お早う。けさは随分ひえこみますのう」

しゃがれ声をかけて、ゆっくり湯にはいってきたのは、白いあごひげを生やした陽明館の当主の甚五郎だった。

「あんたたち、今日は非番ですかい」

と、甚五郎が頭の上に手拭いをのせてきいた。

「いや。そうじゃないんですが、始発までの余暇を利用して、ちょっと一風呂いただいてい

る所なんですよ」

と、曾根が落ちついた世間人らしい調子でいった。

「そうか。働けるのは何といっても結構なことじゃ。うちなど当節、開店休業も同然だからのう。使用人がだれきって、始末におえんことよ」

と甚五郎は、不平をいった。

「でも夏場、かせげるだけはかせいでありますから、そこは何といっても、陽明館は当温泉随一の大旅館で、ほかの旅館がいくら逆立ちしたって追っつきませんからなあ」

と曾根が、お世辞をいった。

「まあ、それはそうだが、キミたちに恩をきせるわけではないけれど、今朝のこの一風呂だって、金目にすると約二、三百円くらいにつくかも知れんのじゃよ。そうかといって、お客はなくても、温泉だけはわかしておかなければ、店の名誉に関することだからのう」

聞きながら、文枝はこの白ひげのお爺さんが、おかみさんを寝取られているのかと思うと、心の中で苦笑がこみあげた。

と同時に、いま自分がはいっているこの風呂が、コスト計算をすればほんとに二、三百円もするのかと思うと、何だか自分の肉体のネウチも十円から三百円にあがったようで、何となく人にいばってやりたいような、ほこらしい気持ちだった。

II

行水の盥

私はある商事会社に勤めているタイピストです。年齢は、二十五歳ですから、まあ女盛りといっても、どなたにも異議はございませんでしょう。

もっとも、容貌の方は絶世の美人というのには少し遠く、まあまあ、十人並みではないか、と自分では思っております。

久しい間待望の恋人ができませんでしたが、昨年の春、クリスマス・イヴの晩、ふとしたことから知り合った新聞記者の相田さんという人と恋をささやく身となりました。ところが、私の家は父はともかくとして、母がたいへんなヤカマシヤで、結婚式の晩までは、よその娘はとにかくとして敬子（これが私の名前です）だけはバージンでいてくれねば、御先祖に対して申訳がないと、奇妙なことを申しておるのでございます。

私もそのように思わないこともございませんが、理論と実際はなかなか一致できにくいもののようです。私は毎日のように彼と会いに行きます。

彼氏は新聞記者ですから、夜がおそくデートだって前々から時間をきめて約束するわけに参りませんので、女の方の私が、彼の寝込みをおそうような結果になってしまうのです。

ひとによっては、みっともないと思われる方があるかも知れませんが、彼の職業がら、どうしてもそこは仕方がございませんのです。

さて彼が私に会う時間は、たいてい二十分か三十分、短い時は十分ぐらいのこともありますが、私は彼のつかった行水のタライを（大袈裟な言葉ですが、彼はこういう超ユーモラスな言葉を好んで使います）、彼のアパートを出て、少し行った所に溝川《どぶがわ》が流れている、そこの叢《くさむら》の中に棄てることにしておるのでございます。なぜかと云えば、彼のアパートは水洗便所ですから、固形物を棄てることは厳禁されているからです。

ところがつい先日、私がいつもの場所まで来ると、その叢の前に画架を立て画を描いている画かきさんがありました。仕方がないので込み合う国電にのって、私は会社に出勤しました、会社でタイプを叩いていても、どうも気持が落ち着かないこと甚だしいのです。

お昼休みの時間、会社からそんなに遠くない東京駅に行きました。ええ、それは無論、会社の方は水洗でございますもの。いえ、いえ、東京駅だって勿論水洗ですが、私は構内の屑箱の中に棄てようと思ったのです。

ところが八重洲口の改札を入ろうとする時、同僚の山田澄子の声が後からかかりました。

「細川さん、どこへいらっしゃるの？」

声はこう叫びました。

「うん、ちょっと、丸ビルまで」と私は答えてやりました。

とっさの気転で嘘をついた訳ですが、地下道を行きつ戻りつ、プラットホームに上ってうろうろしましたが、屑箱は掃いて棄てるほどあるのに、とうとう棄てることが出来ませんでした。

棄てた途端「あの、もしもし」と私服の刑事か誰かに声をかけられそうに思われてならなかったのです。カラの財布を棄てるわけではないから、女スリの嫌疑をかけられても、すぐにアカシは立つわけですけれど、もしも大衆の面前で、紙包みをひろげられた時のことを思うと、胸がどきどきしてたまらなかったのです。

午後五時、私が退社する前、洗面所でお化粧なおしをして机に戻ると、

「細川くん、今日これから、誰かとどこかへ行く約束でもある？」

と課長の谷川さんが声をかけました。

「いいえ、別に」と返事をすると、

「ちょっと、わしにつき合ってくれないか」

ということでしたので、私は谷川さんに連れられて銀座に出ました。

谷川さんは五十を二つ三つ過ぎた実直なひとで、浮いた噂など冗談にも立ったことのない

カタブツですから、私はその点安心なものでした。

人柄というものは感心なもので、谷川さんは銀座の日本ソバ屋に私を案内してくれ、更科ソバのもりを注文し、それから「ビールを一本」と女給仕に申しつけました。

それからもりソバのサカナで、私もコップに半分くらい頂き、谷川さんが一本のビールを三分の二くらい干した時でした。あまり酒好きでない谷川さんは、もう顔を真赤にしていましたが、

「キミ、キミそのハンド・バッグ、キミによく似合うなあ」とテーブルの下の物置棚をのぞくようにして云いました。

私はどきりとしました。が、素知らぬ顔で、

「あら、そうですかしら」

と返事をすると、

「物は何かね。相当なものらしいね」と重ねて畳みかけたので、

「どう致しまして。これ、デパートの特価品売場で買った格安物なんでございますよ。材料は牛《ぎゅう》だそうです」

と正直に答えると、話はそれで一たん途切れました。

が、何となく重苦しい時間が三分間ぐらい過ぎると、谷川さんがこんな話を、話しはじめました。

「もう二十何年も昔のことだが、わしにもハンド・バッグで、奇妙な失敗談のようなものがあったんだよ。まあ聴いてくれ。その時、わしは結婚して間もない頃だったが、ある日曜日、郵便の書留だったか何だったかで判コの要ることが起きて、家内のハンド・バッグをあけたところ、中に奇妙なものが入っているのが眼についたんだよ。わしの頭はくらッときたね。ツマリ、家内が誰かよその男と不義でもしていなければ必要のないものが入っていたんだ。家内はその頃の言葉で云えば職業婦人だったから、そういう可能性がなきにしも非ずだったが、で、家内を詰問してやると、びっくりし仰天したのはわしよりも、むしろ家内の方だったよ。ですぐに嫌疑ははれて、これはてっきり、家内の職場の男同僚がいたずら半分にした業《わざ》に違いないと判ったが、わずかな時間にせよ、うまくかつがれてバカを見たのは亭主のわしだったよ」

谷川さんは新婚当時の二十何年前を思い出すように、眼を細めてにやりにやりしました。

ソバ屋を出ると、有楽町の駅で私と谷川さんは別れました。が、それにしても私は谷川さんが偶然の暗合みたいに、こんな話をしたとは思えませんでした。これはきっと、山田澄子のやつが、私のハンド・バッグを無断であけて見たのに違いないと、思わないではいられませんでした。そう云えば、澄子はこの間まで恋人がひとりあったのですが、男の方にまた別の恋人ができて、やきもきしているとか云うことで、その腹いせみたいに、私のことを課長に告げ口したのではないかと思われてなりませんでした。

赤い酸漿

私の若い友人、W大学の仏文科二年生天沼一郎君は、暑中休暇で、目下九州に帰省中である。その一郎君が長い手紙をよこした。以下はその手紙の内容の概略である。

この間、一郎君は、九州へ帰省の途中山陽線の上郡《かみごおり》という駅で途中下車しようと、網棚を見上げると、たしかに自分がさっき置いた筈のボストン・バッグが見えなくなっているのに気がついた。

おや！と一郎君は青くなった。しかし声には出さないで、もう一度棚の上を眺め廻すと、二メートルばかり離れたところに、自分のとそっくりと云ってもいいほどよく似た空色のボストン・バッグが置いてあるのが目にとまった。

「もしもし、このボストンはどなたのですか。所有者はありませんか」

一郎君は二度もつづけて叫んだ。

すると乗客たちは、一せいに一郎君に眼をそそいだ。が、それは自分の物だと名乗りでるものはなかった。

「それでは、僕が持って行きます。どなたも異議ありませんか。恐らく誰かが間違えたのだと思いますから」

一郎君はもう一度、こう大きな声で叫ぶと、既に発車しかけていた列車から飛びおりた。飛びおりるのは飛びおりたが、一郎君は何だか自分自身をもてあました。自分が置引とかいう泥棒でもはたらいたかのような、へんな気持が胸にわいて来た。

改札口を出ると、一郎君は駅の待合室のベンチに腰をおろした。そしてその、誰のものともわからないボストン・バッグを開けてみた。

すると、何か衣類のようなものが、まず目にとまった。指先で触れてみると、それは、水色の地に唐草模様をあしらいとんぼが飛んでいる、女の浴衣の縫いかけであった。そのほかには何もなさそうだったが、浴衣をめくると、その下からいらぬ新聞紙をくるめたようなものが出て来た。しかし中に何か入っているような重みなので、おそるおそるその包みをひろげると、中から出てきたのは、つかい古した白い綿が、酸漿《ほおずき》のように紅く朱に染まっているものであった。一郎君はそれが何であるかにすぐ気づいた。しかし生れて初めて見たそのものに、大袈裟に云えば、目がくらみそうな衝撃を覚えた。

するとそういう衝撃のなかで、一郎君はボストンの内かくしに一冊の小さな文庫本が入っているのが目にとまった。ひき出してみると、それはジョルジュ・サンドの「愛の妖精」であったが、それよりも、否それと同時に、その文庫本の中に一枚の葉書がはさんであるのが目にとまった。

一郎君は、他人の信書の秘密をおかすのは、気がとがめた。がしかし、この際は事情が事情なので、一読してみると、大体次のような文意がしるされているのであった。

『お姉さん、お元気ですか。随分長らくお帰りになりませんのねエ。お母さんが心配していられます。静子は会社のなかで、誰か好きなひとでも出きて、夢中になっているのではないか、と。ついては次の日曜日にはどんなことしてでも都合をつけて帰って来いとの命令です。そうそう、そう云えばお姉さんの高校の同級生だった岡村順子さんの縁談がきまったそうです。相手の花婿なるひとはお姉さんもご存じの人よ。当ててごらんなさい。ホ、ホ、ホ。ではその他つもるニュースはこんどの土曜日の晩をたのしみに……さよなら』

葉書の文面から察すると、このボストン・バッグの持主は、このお姉さんなる人に違いなかった。高等学校を卒業したのは何年前か分らないが葉書の表には、姫路市××町十五番地中村与助様方河本静子様と書いてある。だからこの河本静子さんなる婦人は、姫路に下宿して、どこかの会社に勤めているらしい。妹からこの葉書をうけとった彼女は、今日は土曜日で、あたふたと親もとへ帰る途中、どこかの駅で下車する時、あわてて一郎君のボストン・バッグを持って行ったらしいのである。

一郎君はこういう風に解釈すると、何はともあれ、彼女に連絡する義務を感じた。ところが残念なことに、彼女の妹は葉書に「文枝より」と書いているだけで住所は書いていないので、仕方はないが下宿の方に当てて手紙を出すことにきめると、駅前の売店で封緘《ふうかん》葉書を買い、さっそく書きはじめた。

『拝啓、突然お手紙を差上げます。もしやあなたは僕のボストン・バッグを持って行かれなかったでしょうか。僕のボストンには下着の着替と、洗面用具と、フランス語の書物が三冊入っている筈です。もしもそうでしたらそれが僕のものです。そのかわり、唐草にとんぼの模様のある浴衣地の入ったあなたのボストンは僕がお預りしております。就いては、これを交換したいと思うのですが、実は僕は旅のもので、何度も手紙の遣り取りをしている暇がありません。で、大変独断的ではありますが、明後日（月曜日）の午後二時、姫路駅の待合室においで願えませんか。もし御承諾でしたら、その旨、表記の所へ電報で御返事頂きたいと思います。

なお僕は東京のW大学仏文科の二年生です。洋服の胸ポケットに何か花でもさして目じるしにすることにしましょう。表記の所は大学の同級生の家で、僕は今故郷の九州に帰りつつある途中です』

一郎君はこう書いた手紙を、駅前の郵便函に入れると、何だか肩の荷がおりたような気持になって友達の家に向った。その友達は少し胸をいためて、春から帰郷していたので、一郎君は見舞いに立寄ったのであったが、友達はもうすっかり元気になっていて、――そのあくる日の晩、二人はお互にざる碁を闘わしているところへ、待望の電報が配達された。

フミミタ。ドウモスミマセン。アス二ジ、エキニテオマチシマス。シズコ

一郎君の勘は当ったのである。

それで九州に帰るのには少々後戻りになるけれど、一郎君が指定の姫路駅に着いたのはその翌日の一時半頃であった。一郎君は集札口を出ると、あらためて待合室に入って行った。そうして待合室のベンチに腰をかけたが、どういうものか見合でもする時のように胸がどきどきしていけないのである。

一郎君は友達の所の庭に咲いていたガーデニヤの花を、約束どおり胸のポケットにのぞけていた。が、それも何だか照れくさくなると、もう一度ポケットの中にしまい込んで、気をおちつけるため駅前通りの方へ散歩に出かけた。

しかし、たえず時間は気にしながら、再び一郎君が駅の待合室に引き返したのは、丁度二時に五分前であった。一郎君はもう一度ポケットからガーデニヤの白い花をとり出し、胸につけようとすると、

「あの、もし、もし。天沼一郎さんでございましょうか」

ふりむくと、五十すぎの、白髪まじりのばあさんが、立っているのである。

「はあ、そうです」

「わたくし、河本静子の叔母でございます。この度は静子がとんだ御迷惑をおかけいたしまして。実は静子が来る筈にしておりましたのですが、お盆前で会社の方がどうしても手が放せないというものですから、わたくしが代りに参ったような次第でございます」

「ああ、そうですか」

そしてしかし一郎君はまるで狐にでもつままれたような雰囲気の中でボストン・バッグだけは、無事に交換を果すことができたのである。

私は一郎君の失望が思いやられた。しかし小説家志望の一郎君がいつかその赤い酸漿の印象を、どのように表現するであろうかと思うと、私はむしろその方に興味がひかれるのである。

一宿一飯

二三年前のことである。

当時、僕は、（と私の若い友人が話しだした）池袋から私線電車で三つ目の何々に部屋借りしていました。（その何々という地名が私は思いだせない。年のせいであろうか）

ある日曜日の朝、目をさまして、気づいたのですが、僕の財布には一銭もなくなっていました。尤も、一時間四十三円という時間給で、ある出版会社につとめていた僕には、いつだってお金があったためしはありませんが、その朝は、本当に文字どおり一銭もなくなっていたのです。むろん、前の晩、池袋の安酒場でつかいはたしてしまったのです。

仕方がないので、十日ほど前買ったばかりで、まだ一頁もよんでいない新刊書を持って、古本屋へ行って、若干の金にかえ、朝飯兼昼飯を、定食食堂でたべたのは、一時半ごろだったでしょうか。

金のないときは、変なもので、その若干の金を、すっかり、僕は食べてしまいました。食べてしまってから、あ、しまったと思いました。

何故なら、食後の一服の——煙草を買っておくのを、すっかり忘れていたのです。すると、おかしなもので、僕は無性に煙草がのみたくなりました。

そういう場合に、人間には、駅へ行ってみたくなるなにものかがあるのかも知れません。

僕は駅へ行って、改札口のところで、来る電車、またくる電車を五十台くらい見ていましたが、ふと自分のポケットには電車のパスがあるのに気づいて、電車にのりました。

池袋でおりて、僕は、昨夜のんだ、安酒場に行きました。そして、

「小母さん。煙草の買い置きあるかネ。ああ、そりゃありがたい。それから、アワを一杯！」

てなわけで、僕はまだ明るいうちから飲みはじめたのです。それから、その晩一晩中、そこで飲んでしまったという結果なのです。

安酒場を出る時、僕は小母さんから百円借用しました。それで、池袋から終電車にのると、電車は満員でしたが、次の駅で、僕の前の席が一つあいたのです。その席に僕は腰をおろしたのですが、腰かけた途端に、僕はねむってしまったらしいのです。

眼がさめたのは、車掌に叩き起されたのと同時でした。

「終点です。おりてください」

「え、何だって？」

「終点です」

不承不承に僕は電車をおりると、××という駅の名前が、目につきました。そこは、たしか埼玉県の筈です。一日の労働を終った運転手が、フルスピードで、電車を車庫にひっぱって行ったのが、ひどく印象的でした。

しかし困ったのは僕で、僕はやけを起して歩くことにしました。何里あるいたら帰れるのか、全部あるくことは出来ないにしても、始発電車がくるまで、電車線路に沿って、歩けばよいと思ったのです。

ところが見知らぬ土地を歩くのはむずかしいので、僕はものの十分も歩かないうち、畑道の中に踏み込んでしまいました。それでも道は道だから、どこかに出るだろうと思って、その道を進んで行くと、目の前の小屋のような家にパッと電気がつきました。ついたかと思うと、ガラッと窓があいて、女の声がしました。

「あなた！」

日本語はあいまいですから、何のことかハッキリはしないけれど、その声は、女が亭主か恋人を迎える時の、声のはずみをもっていました。

「はあ」と僕もあいまいに答えると、

「あら」と女が少々びっくりした様子でしたが、電燈が逆光線になって、その表情は全然わからないのです。

「あの、僕は道をまちがえたらしいんですが、池袋へ帰るのは、どう行ったらいいでしょう?」

「まあ、池袋へ……おかえりになるんですか」

「はあ。終電車の乗り越しをやっちゃって、これから歩いて帰ろうと思っているんです」

「まあ。そんなこと、無理ですわ。歩けるもんですか。もしなんでしたら、わたしの家へ泊って行きません? こんなきたない家ですけれど」

きたなかろうが、綺麗であろうが、僕のかまったことではないが、僕は女に云われるまま、するすると吸われるようにその家の中に入ってしまったのです。

中にはいると、六畳の間が一つしかない部屋に、二歳《ふたつ》ぐらいの男の子がひとりねているのが目につきました。それから女の顔を見ると、その女は僕より二つか三つ年上で、背は高くはないが、体ぜんたいがちんまり固太りした、愛くるしい胡桃《くるみ》のような感じをしているのがわかりました。

「すみませんなア。実は酒に酔っぱらったのがもとで、とんだ御迷惑をおかけします」

「男のひとは少々めし上らなくっちゃ。うちでも飲みますよ」

「はあ。……そうですか」

「ええ。うちは自動車の運ちゃんなんですよ。今日は終電車で帰ってくるかと思って待っていたんですけど、もう帰りませんわ。だから破れ蒲団ですみませんけれど、でも、一組あまっていますから、ゆっくり寝て行って下さいよ」

女は押入をあけると、僕の寝床をしいてくれました。

とは云え、せまい部屋のことですから、女の寝床とすれすれになるのは、やむを得ないことです。

まだ酔いがさめきってはいない僕は、着のみ着のまま、その寝床の中にもぐり込んで、どのくらいねむったでしょうか、見当で云えば一時間半くらいだったと思いますが、

「ね、あなた、抱いて、ね、抱いて……」

という女のささやき声を、僕は耳にしました。

抱くも、抱かないもない、女は僕の夜具の中にはいりこんで、僕にしがみついているのです。

酔って熟睡していた僕が、なんということなくじれったかったのに相違ありません。

むろん、僕は抱いてやりましたよ。ただ註釈をつけ加えるなら、僕は半睡半覚の状態においてです。

そして、ベンカイではありませんが、彼女は彼女で、亭主と僕をまちがえたのだろうと思います。

云いかえるなら、彼女はねぼけていたのだと思います。

それが証拠には、——そのあくる日の朝、彼女は、

「ほんとに何もなくてすみませんわ。でも、うちがもう五日も帰らないので、お金がないんですから、かんべんして下さいね」

と、まるで赤の他人にいうような口調で云って、ねぎの味噌汁だけの朝御飯を御馳走してくれたのです。

だから僕も、昨夜のことはあれは夢であったかと思い直したりしましたが、それはとにかくとして、そのみそ汁のおいしかったことといったら、……ありませんでしたよ。

僕はもう一度、あんなおいしい味噌汁が、もう一度たべたいものだと、思っているのです。

食堂車

列車が福島をすぎて奥羽山脈にかかると、背中がぞくぞくしてきた。多田隆司は、食堂車へ行って一ぱいやることにした。食堂車はがらあきに近かった。

ウェイトレスたちが二テーブルにわかれて、せっせとナプキンを折りたたんでいるところだった。その働きっぷりが何か内職でもしているような感じだった。

「今、時間外？」

手前のテーブルに近づいていきくと、

「いいえ。どうぞ」

とひとりのウェイトレスが立ちあがった。まんなかどころの席に一人の若い女が三歳くらいの子供をつれて食事をしていた。

多田隆司はその前に行って腰かけた。寒い時には小学生でも運動場の日当りのいい場所に寄りたがる心理に似ている。

「オードブルできるね。じゃあ、それと日本酒を一本」

メニューをみて、多田隆司はホステスに注文した。

酒が来るまで、多田隆司は女を観察した。出版社につとめている多田は商売がら酒は強かった。酒場のような場所にもしょっ中行く機会があるが、女の方ときてはからきし駄目だった。酒場にいる女の子がどれもこれもおんなじに見えた。三十五歳になるまで独身をとおして来たのも、理由はそういうところにあるのかも知れなかった。多田は女よりも仕事に熱中して来た。

女は二十二、三か三、四くらいに見えた。丸顔の色白で、つれている女の子が女とそっくりの顔だちだった。しかし女は母親にしてはどことなく感じがちがって見えた。姉という感じが強かったが、身なりの質素なところは女中風にも見えた。

酒がきて一ぱいやりながら、半本くらいのんだ時、

「失礼ですが、どこまでいらっしゃるんですか」

と声をかけると、

「横手までです」と女が答えた。

「横手といえば、秋田より手前ですね。ぼくは秋田まで行くんですが、秋田ははじめてなんです」

「と申しますと、やはりお勤めのご出張か何かで？」

「いや、出張ではないんです。私用も私用、結婚相手の見合いに行ってくるんです」

「まあ！」

女がはじめてのように多田の顔を見た。その眼つきはこの男まだひとりものなのかといっているかのようであった。

「実はぼく、さっきここに腰かけて、あなたのお顔をじろじろ見ていたのを、多分お気づきでしょう。白状しますと、あれは明日行なう見合いの稽古をさせて頂いていたんです」

「それでよくごらんになりまして？」

「ところがさに非ず。稽古だと思って見たせいか、ぼくの観察眼がさっぱり働いてくれないんです。もちろんあなたが美人でいらっしゃるくらいは分りますが、それ以上のことがさっぱり分ってくれないんです」

「そんなにたくさんおわかりになったら私の方がこまりますわ。で、そのお相手の方ってあなたとどんなご関係ですの」

「それがちょっと癪《しゃく》なんです。ぼくの会社に今年新入社員がひとり入って来たんです。いや入って来たのはひとりではないが、あるひとりの青年がぼくの所属へまわされたんです。新入社員教育だなんて名目をつけて飲屋などひっぱりまわしてやったのはよかったんですけれど、そいつがちゃんと女房をもっているのには驚きましたなあ」

「あら、どうしてお驚きになりましたの？」

「実はそこなんですよ。こちらはどうせ大学を出たばかりの男だから、女房はないものとばかりひとりぎめしていたところに手落ちがあったんです。こちらがそうきめてかかっているもんだから、相手にしてもちょっといい出せなかったというのが実情なんです」

「じゃあ、その方、学生結婚をなさっていらしたんですの」

「ところがそうでもないんです。実際のところ世の中ってところは早合点は禁物で、そいつ学校の卒業式が終って会社に入社するまでの間に、郷里の秋田へ帰って結婚式をあげたというんです」

「まあ、その方、秋田のひとですの」

「そうなんです。で、ぼくはそいつの紹介でいま秋田へ行ってくるんですが、こう観察眼がにぶくっちゃ、相手の女の品定めがうまく出来るかどうか、あやしいものなんです」

その時、女のつれていた女の子がすとんと多田の視界から姿を消した。といっては大げさになるが、椅子からすべり落ちて床の上に坐りこんだ。

「おや、どうされたんですか、ぼくの顔がきつくて、こわくなったんでしょうか」

二本目の酒を独酌しながら、多田がいうと、

「いいえ、そんなこと絶対にございません。ご安心ください」

黄色い毛糸の上衣を着た女がいった。

しかし多田は子どもに対して何か悪いことをしたような気がして、体を横向きにして反対側の窓の外に眼をやった。

子どもをあやす術も知らない多田は、それが子どもに対する唯一のエチケットのように考えた。サンドイッチを食べおわった女も、子どもの方へ横向きになった。だが別に子どものことを苦にしているようには見えなかった。

「…………」

何か子どもにものをいうと、

「…………」

何か子どもが返事をした。

そのやりとりを横目で見ながら多田はだんだん分って来た。卓の上にいままであった箸の子どもの皿がみえないところから察して、先刻子どもがすとんと落ちた（と思った）時、子どもは皿ごと椅子から床におちていたのである。おちた子どもは自分は床の上にすわり、皿は椅子の上においてるものらしかった。

換言すれば子どもは卓の上で食事をするのに飽いたのに相違なかった。大人の食事をする卓は子どもには大きすぎるので子どもは自分で子供の卓をつくっているものらしかった。

女はサンドイッチのあとにコーヒーも紅茶も注文しなかった。

子どもが食事をおわるのを待って、椅子から立ちあがり、

「ではお先に――」

と多田に声をかけ、伝票を手に握ってレジの方へ歩いて行った。

「いやあ、これはどうも」

と答えて、その後姿を見ていると、会計を終えた女は子どもの手をひいて、一等車の方へ消えて行った。

多田の見合いの稽古は完全な失敗だった。そう多田は思った。多田の観察ではその女が子どもの母親なのか姉なのか、それとも女中なのか皆目見当がつかなかった。コーヒーをとらなかったところは女中らしくもあったが、その他の点では姉らしくもあり、姉にしてはどうして母親をほっておきにして食堂車にやって来たのか、その理由がわからなかった。

「わからん。わからん。おれにはわからん」

多田は手をあげてウェイトレスをよび、

「お酒をもう一本。早くね」

と注文した。

食堂車は多田ひとりきりだった。

ウェイトレスたちはナプキン折りをやめて夕食時間待機の姿勢に入った。

日のくれかけた山の雪の中に、山形、秋田両県の境を知らせる立札が、ちらりと見えて後に消えた。

耳かき

「佐喜子、孝吉君のエトはなんだったかね」

と父親がたずねたのは、結婚式三日前の夕飯の時だった。

「丑《うし》だったと思います。あたしより二つ年上だから」

と佐喜子は考えるようにして言った。

「丑とはいいね。そのものずばりだ。あの男は生涯大出世もできないかもしれないが、人生の苦難にへたばるようなことはあるまい」

一本晩酌をつけてもらっている父親は上きげんだった。

「でも佐喜子、かりそめにもせよ、孝吉さんを尻にしいたりなぞしてはいけませんよ」

母親がそばから口添えした。

「わかっているわよ。いまは男女同権なんだから」

佐喜子は母親をにらむようなマネをした。

「でもね、お前は卯年《うどし》だろう。亀と牛は大小の違いはあっても、ちょっと似ているからね。だんなさんが一生懸命かけっこをしている時、お前がのんきに昼寝などしていたら、家庭生活はうまくいきませんよ」

「へんな譬《たと》え話をするわね。あたしいくら兎年だって、お嫁に行ったら昼寝なんかしませんよ。第一、兎と亀の話なんか、現代ではもう古いわよ。万一昼寝をしなければならないことが起こったら、目ざまし時計をかけておきますよ」

その晩、佐喜子は寝床にはいっても、容易に寝つけなかった。ねむれないまま、過去二十三年間のいろんなことをふりかえっていると、戦争中から戦後にかけて、いなかに疎開していた時のことが頭にうかんだ。

佐喜子が疎開していた家の近所に一軒の農家があった。佐喜子はそこの小母さんがすきで、しょっちゅう遊びに行った。小母さんは色が白く、きゃしゃなからだつきをしていたのは、今から考えると、あまり丈夫な体質ではないのかもしれなかった。

「小母さん。コンチワ」

声をかけて大きい屋敷にはいって行くと、縁側でつくろいものなどしている小母さんは、

「ああ、佐喜ちゃん、よく来たね。ほら」

と佐喜子がくるのを待っていたように、芋のふかしたのや、豆のいったのを、竹かごの中

から出してくれたものだった。

あの日当たりのいい、高い縁側が無性になつかしく思い出された。

あくる日、佐喜子は持って行く荷物の整理をしている時、母親の鏡台の引き出しに入れてあった耳かきを取り出すと、

「あら、佐喜子、そんな骨董品みたいなものまで持って行くの」

母親が呆れたように目をぱちぱちさせた。

「うん、でも、これ、あたしたちが疎開から東京にひきあげる時、おシゲ小母さんがあたしに餞別にくださったもんだもの」

「おや、そうだったかね。わたしは東京に戻って、たしか交番前の小間物屋で買ったような気がするんだけれど」

「まあ、あんなもっともらしいことを言って。お母さん、すこし頭がぼけたんじゃない?」

「まだ、ぼける年じゃありませんよ。それはともかくとして、そんな垢でよごれた耳かきなど持って行っては、花婿さんにきらわれますよ」

「ううん、大丈夫。そこが佐喜子の腕のみせどころというものよ」

二日後の大安吉日に結婚式をあげて、それから一週間ばかりすぎた日の午後だった。佐喜子は夕飯の買い出しに出たついでに、マーケットの中にある小間物屋で新しい耳かきを一本買った。

「あの、竹でできているのありませんの」

　と佐喜子がきくと、

「ええ、今はすっかりこれに変わってしまったんですよ」

　と小間物屋のおかみさんが言った。なんとなくごつごつしたように思われるプラスチック製の耳かきだった。

　でも佐喜子はそんなことはどちらでもかまわなかった。実家の母が言ったように、彼女の持ってきた竹の耳かきは、竹の先端の兎のにこ毛がかなり黒ずんでいたので、新しい毛と取り替えようと思いついたからであった。十何年も使いこなしてベッコウ色に光っている耳かきそのものを捨てる気はなかった。

　アパートに帰り、夕飯のしたくをすますと、佐喜子は兎のにこ毛を取り替えた。彼女の思いつきは功を奏して、竹の耳かきが見ちがえるばかりの新装をこらした。

　佐喜子は夫の孝吉が勤務先の郵便局から帰るのを待ち受けた。いまのいま、階段の方にのっそりした足音がして、彼女の夫は帰ってくるはずだった。

「ねえ、あなた、今晩は耳のおそうじしてあげましょ」

　佐喜子は何べんも口の中で言ってみた。どんなにすれば、彼が「イタタッ」など顔をしかめないですむだろう。うまくいって、耳の垢をとり終わり、最後にこのふかふかした兎のにこ毛で、彼の耳の中をぐるぐる回してやる時、夫が気持ちよく、ぐうぐうぐう――

居眠りでもはじめたら、それこそ佐喜子の腕は満点というものだった。彼女は待ち遠しかった。

春先のゆううつ

春先の夜八時すぎ、文枝は内職のミシンをふんでいると、ガラガラッと玄関の戸があいた。夫の喜作が帰って来たのかと思ったが、そうではなかった。

「ごめん下さいませ」

と、声をかけたのは、女であった。いまごろ誰かしら、と玄関に出て、電燈のスイッチをひねると、まだ戸の外に立ったまま、度の強い近眼鏡をぎらぎら光らせているのは、同じこの都営住宅に住む緑川夫人であった。

「どうぞ。おはいりになって下さい」

と、文枝は言った。が、文枝は、これだけ言うのにも、何となく、胸騒ぎを覚えた。

「じゃア、ちょいと、失礼します」と緑川夫人はせまい玄関の土間に入って来て、

「あのね、奥さん。夜分にお伺いして恐れ入りますけれど、実はうちの咲子がね。お宅の和

夫ちゃんにきょう、胸をなぐりつけられて、ここが痛い痛いって、今うなっている最中なんですよ。それでわたし、もし肋膜にでもなったら大変だと思いますし、それよりも今後住宅の安寧秩序にも関することでございますから、ちょいとご忠告にあがったような次第でございますよ」

「ああら、まあ――。それは、それは。よくお知らせ下さいました。それで……」

文枝はとっさのことに、どうしてよいかも分らず、板敷の上に三本指をついて、ひたすら恐縮の意を示して、もう少し詳しく咲子ちゃんの症状をきこうとすると、

「それからですね、奥さん。うちの咲子は和夫ちゃんに胸をなぐられたばかりでなく、頭の髪まで引きむしられているんですよ。随分ひどく引っ張られたと見えて、こうここん所に、そうですねえ、直径三センチぐらいのはげができているんですよ。過ぎたことは仕方がありませんけれど、この住宅には小さいお子供さんもたくさんあることですから、奥さんも内職がお忙しいのは結構ですけれど、もう少しは子供の教育にも注意していただかなくちゃア、と思うんでございますよ」

緑川夫人は、高飛車に、かん高い声でこれだけしゃべると、ぴしゃりと戸をしめて帰って行った。

文枝はしばらくの間、ぼうとしていた。

するとそこへ、夫の喜作がくつの音を高くひびかせて戻って来た。喜作は一杯ひっかけた

のか、すこぶる上きげんで、文枝が気をきかして亭主の帰りを迎えに出ているとでも勘違いしたらしく、

「おい、きょうは、なかなかいい日だったよ」

と、後向きになっていそいそとくつをぬぐのであった。

「まあ。いいことって、たんまり契約でも取れましたの？」

喜作は現在、保険の外交をやっているので、文枝がこう相づちをうつと、

「いやア、契約の方はだめだったがね。これだよ、オイ、すげえだろう」

と、喜作は外套のポケットから、キャラメルの箱を四つも、わしづかみにして文枝にわたした。言わずと知れた、パチンコの景品に違いなかった。

しかし文枝は、夕食の支度を茶ぶ台の上にならべて、お給仕しながら、さっきのことを喜作に報告せずにはいられなかった。

「緑川夫人って、あの警察庁か防衛庁かに勤めている、あのひとの奥さんだろう」

「そうですよ。そして咲子ちゃんと言うのは、よくうちにも遊びにくる、あの赤いセーターを着た女の子ですよ。年は和夫よりも一つ小さいくせに、いつも和夫の方が泣かされてばかりいるんですよ」

「ああ、あの子か。分った、分った」

「だけど、どうしたらいいでしょう。胸は肋膜になるかも知れないと言うし、頭には直径三

センチのはげができているんですって」

「へえ。それは一大事だから、とにかく君、ちょっと実地に見て来いよ。ああ、ちょうどいいや、今のキャラメルを見舞に持って行くんだよ」

そう言われてみれば、なるほどそうであった。文枝はキャラメルを四つ、紙につつんで、さっそく同じ住宅内の緑川夫人の家をたずねた。

「ごめんください」

声をかけて、おそるおそる玄関の引戸をあけると、玄関のとっつきの部屋で、うんうんうなっているはずの咲子ちゃんが、ひとりで積木細工をして遊んでいるのが見えた。

「咲子ちゃん、お母ちゃんは?」と文枝はたずねた。

「お母ちゃんは、おふろに行ったよ。もうすぐ帰るから、そこに座って待ってなよ」

「あら、そう。咲子ちゃん、きょう、和夫ちゃんがあんたをいじめたんだってね。小母ちゃんおわびに来たのよ。さあ、これあげましょう」

とキャラメルを取り出してのぞけると、咲子ちゃんは飛ぶようにして文枝のところへ駆けて来た。で、

「咲子ちゃん、和夫ちゃんが、あなたのここをぶったの」

文枝は、咲子ちゃんの胸のところを軽くおさえてたずねると、

「うん、だけど、もう治ったんだよ」

「あら、そう。それはよかったわねえ。それから、あんたのおつむの毛も引っ張ったの？　え？　どこ？　このへん？」

文枝は、咲子ちゃんの頭を電燈の光にすかして、しらべてみたが、直径三センチ大のはげなど、影も形もみることは出来なかった。

それでどうもおかしなことではあったが、文枝はしかし、やれやれと胸をなでおろして、緑川家を辞去したのである。

柿若葉

新婚の息子夫婦が連れだって外出したあと、以久子は炬燵にあたって、テレビを見ていた。炬燵には火が入っていない。そうかと言って、まだしまうわけにもいかないのである。去年も一昨年も、一度しまった炬燵を何度も出し直した経験があるからであった。東京の気温は、梅雨があけるまで、油断はならないのである。

テレビにもあきて、以久子はあけひろげになったガラス障子の外に目をやると、柿の若葉が眼を射た。昨日の雨でにょきにょき出て来たものらしく、陽春の日の光をあつめて、あるかなしかの風にそよいでいる様子が、何か人間が切ない溜息でもしているかのようであった。

以久子の胸に、ふと、三十何年も前の記憶がよみがえった。

それは以久子が、田舎の女学校の三年生になったばかりの時である。以久子は村から町まで、一里半の道を徒歩通学する女学生であったが、ある朝、家を出るとき降っていた雨が、途中でやんだ。その日はお裁縫があって、以久子は針箱だの裁縫材料など抱えていて、雨があがると傘が邪魔っ気で仕方がなかった。

以久子は或る所までくると、傘を路傍の叢のなかにかくした。いや、叢というよりもそれは野茨のむらがりの下の空間のような場所であったが、こんな方法を教えてくれたのは、二年上級生のお茶目の時子であった。

教えられて、はじめて試みた時の以久子の気持といったらなかった。県道だから、いくら昔でも、人も通れば車も通る路傍の叢の中に七、八時間も自分の傘が人に見つからないで、じっと待っていてくれているのが、何とも不思議でたまらなかった。

しかし今ではもう馴れていて、最初の時ほどのスリルはなかった。

ところがその日、学校から帰って縁側に重たい裁縫道具の入った包みを置き、それから傘を縁側の上に横たえた時であった。

「あ！」

と、以久子はかすかな叫び声をあげた。

畳んだ傘の上に赤い漆で「瓜生《うりゅう》」と書いてある文字が見えたからであった。瓜生というのはこの辺では珍しい苗字で、隣村の中学三年生のその生徒の顔がまっさきに以久子の胸をかすめた。

その頃はもちろん、男女の交際は厳禁で、中学生と女学生が仲よくすることは出来なかった。が、瓜生は一口に言えば紅顔可憐の美少年で、女学生達はいつとなく名前を覚えて、時子など今朝は瓜生にあったから試験の答案がよく出来る、などおのろけを言ってたものであった。

それにしてもどうしてこの傘を以久子は持って帰ったのか。推理は簡単で、瓜生もあの叢の中に傘をかくしておいたものに違いなかった。どちらが先に間違えたのか、それは判らないが、傘をかくしたり、取り出したりする時は、人に見られないように用心して敏捷な動作をとるから、こういう結果が生じたものらしかった。それは大体納得できたが、以久子はこの傘を家のものに見つけられるのが恐かった。

母親が裏の台所の方で何か水仕事をしていて、以久子の帰宅をまだ知っていないのを幸い、以久子は家をとび出した。

無我夢中、麦畑の間の野道を歩いて、県道に出た。それからしばらく行って、彼女は橋を渡った。橋を渡って、小高い丘の下まで来た時だった。

そこのゆるい勾配の坂道を、こちらに歩いてくる瓜生の姿を彼女は見つけた。さすがに長い春の日も少しずつ暮れて、夕闇がせまって来るような一時《いっとき》、小倉《こくら》の制服を着た瓜生の顔がほの白かった。朴歯《ほおば》の下駄をはいて、肩にはカバンをかけていない所から察すると、瓜生は取り違えた傘を叢に返しに行った戻りのようであった。以久子は興奮で胸がとんとん高鳴るのを抑えることが出来ず、瓜生が彼女の前まで来た時、つと立ち止まって、

「フー・アー・ユー？」

と、声をかけた。

自分でもどうしてそんな声がかけられたのか、わからなかった。おそらく、いまは卒業してしまったお茶目な時子の感化によったものであったろう。

すると瓜生が、ぱっと立ち止まって、

「アイ・アム・ウリュー」

と、返事をした。

「エックス・キューズ・ミー」

と、以久子は言って、藤原鎌足が中大兄皇子にケマリをささげた時のポーズを真似て、雨傘を瓜生の前に差し出すと、

「サンキュー」

と、瓜生が答えて雨傘を受け取り、白い頬を耳たぶまで真赤に染めて、逃げるように駈け出して行ったのである。

以久子が咄嗟の気転で英語で言ったのは、英語で言えば、「男女交際」のうちには入らないような気がしたからであった。それで以久子はその後も瓜生からもしや英語の手紙でも来ないかと心の中でじっと待ち受けるものがあったが、手紙はとうとう来なかったのである。

こんなことを思いふけっている時、玄関の方で、

「ごめんください」

と、男の声がした。

いそいで出て行くと、玄関の引戸を半分あけて、色の白い細面の学生がつっ立っているのが見えた。

「あの、ちょっとお尋ねしますが、お宅には貸間はありませんでしょうか」

と、学生が言った。

「はあ、貸間って……」

と、以久子は口ごもった。

「そんなこと、どこから、おききでしょうか」

以久子はひょっとしたら、息子が経済上の都合で、周旋屋に「貸間」を依頼したのであろうかと審《いぶか》ったのである。

「いや、どこからきいたのでもありませんが、ぼくは、こんど大学の入学試験に受かったので、一人でこうして貸間さがしをして、歩いているんです」

「それは大変ですねえ。でも家《うち》はごらんの通り、こんなに手狭な家で、おあいにくさまなんですけれど」

「弱ったなあ。どこへ行っても、みんな断られるんです」

「あなた、それは周旋屋へ行ってみた方が早道じゃないかしら。東京には掃いてすてるほど周旋屋があるんですよ」

「ところが、ぼくはあそこは好かないんです。権利金だの謝礼金だの手数料だの、ぼくにはとても手の出ない金をふっかけられるんです。すみませんが小母さん、水を一杯御馳走してくれませんか」

と、学生が言った。

乞われるまま、以久子は台所に行って、コップに一杯水をくんできてやると、学生は一気にのみ干し、

「すみませんが、もう一杯」

「もう一杯」

と、三杯もつづけておかわりをして、

「ああ、生き返ったようです。小母さん、どうも御馳走さま。御恩は一生忘れません」

と、ぺこんと一つお辞儀をすると、逃げるように外へ出て行ったのである。

〝御恩は一生だなんて〟

以久子は何だか狐につままれたような気がした。お盆を手に握ったまま、もしやいまの学生はあの昔の、瓜生の息子ではなかったかという思いが胸をかすめた。が、どこか似ているのはいても、そんな偶然の一致ということが滅多にある筈はなかった。

「でも、もし、名刺でも……」

と、そう考えついた以久子は、下駄をつっかけて、後を追うように玄関をとび出た。そして路地のあちこち目の色をかえて物色したが、もう学生の姿はそのあたりには見当らなかった。

魔がさした男

私がH県F郡T村の駐在巡査を拝命していたのは、昭和八年から九年にかけての、約一ヵ年半であった。

昭和八年の十月何日であったか日は忘れたが、夜の九時ころ、

「駐在のだんな、もうねたか。ちょっと起きてくだされ」

と外から声がかかった。

私は寝床にはいって新聞をみていたが、まだ眠ってはいなかった。

「だれかね」

「坂田（部落名）の辰五郎です。いま、佐四郎の家に賊がはいったんで、早う来てくださされ」

「何を盗られたか」

「盗られてはおらんようです。賊は逃げてしもうた。いま裏の山にかくれて居るかも知れません」

私は官服を身につけると、辰五郎の先導で自転車をとばした。

坂田部落には家は六軒しかなかった。姓はみんな矢本で、すでに十二、三人の警防団が佐四郎の家の縁側に集って、なかの一人など、ぎょうぎょうしく村田銃を肩にかついでいるのが見えた。

「ふん。賊はどっから入ったのかね」

「この雨戸をこじあけて入りました。私が泥棒泥棒と叫んだので、逃げて行きました。その声をききつけて、皆さんがとんで来てくださったんです」

百姓の嫁にしてはもったいないぐらい美しい妻女（二十一歳か二歳）が、寝巻きの上に羽織をひっかけただけの艶っぽい姿で言った。

「賊の顔は見たかね」

「顔は見ませんでした。でも頭に何か覆面のようなものをかぶせているように思われました」

「その時あんたは、よく眠っていたのかね。それとも、うとうとしとったのかね」

「へえ、よくねむっておりました。きょうはうちのと二人で一生懸命稲刈りをしましたから、大層くたびれておりました」

「それで主人の佐四郎君は？」

「佐四郎は今晩、母の実家に祭礼によばれて行きました。ハア、北岡村の小林勉という家です。イエ、今夜は酒をのみますから、帰りません」

以上で取り調べは終った。私は大体の見当がついたのである。で警防態勢をとっている十二、三人のものに、解散を命じる前、その氏名をいちいち手帳にしるした。手帳にしるす時、注意して相手の顔を眺めた。次にオタキという後家と、オチカという婆さんに、今夜は用心のため佐四郎の家に泊ってやってくれるように依頼した。

それから駐在所に帰る途中、私は村役場によって電話を借りた。宿直の山部書記には気の毒だったが、書記は宿直室で一杯やったあとらしく、声をかけてもトンチンカン、八分どおり寝ぼけているのがかえって好都合だった。

「もしもし、北岡村の中江君だネ。実は先刻本村に小事件があってね。いやア、勤務評定に影響するほどの大物じゃアないがね。ちょっと君、すまんけど、ご足労ねがえないかなア。ウン、ウン、泥棒といっても物とり泥棒か、肉体泥棒かが、あやしいんだ。どちらかというと、後者の嫌疑が濃厚なんだ。嫁さんの奴、稲刈りでくたびれてグウグウ寝込んでいたんで、びっくりして大声を出したらしいんだ。騒ぎが大きくなって部落の警防団が十何名か集っていたが、その中にはまあ犯人は居らんと見たね。とすればだ、犯人はよその部落からやって来たか、それとも他の村からやって来たか、あるいはまた考え方を飛躍させてみると……」

「…………」

「いやいや、そう一概に笑わんでくれや、両親は二人とも死んでいるんだからなア。墓の中から父親がのそのそと出てくるはずはないから、家族内に嫌疑者を求めるとすれば妻女の亭主であるところの佐四郎にウタガイがかかってくるという順序になるんだ」

「…………」

「ああ、あのモシモシ、モシモシ、ねては困るなあ、中江君、いびきがきこえるぜ。おい、中江君、……それでだね、君ちょっとご足労だが、小林勉の家まで一ッ走りしてくれんか。ウンウン、用件はつまり本村の坂田部落の佐四郎が、今晩の八時ごろから九時ごろまでの間に小林勉の家に居たかどうかというアリバイだ。万一ということがないでもないから、そこの所を捜査しておいてもらいたいんだ」

「…………」

「ウン、ぼくの所には電話がないから、結果はあす、ぼくが君のところに聞きに行くことにしよう。本署にはこれから、報告をしておく」

ところが、そのあくる日の朝早く、私が一里半の道を北岡村に自転車をとばすと、ひょっとしたら万一と思っていたウタガイが事実となってあらわれてしまった。やはり、第一感の妙感というやつにちがいなかった。中江巡査の聞き込みによると、矢本佐四郎は夜の八時ころ、祭礼の祝酒にほろ酔いになって、同村の兵隊時代の友達の家に行くといって小林家を出たが、まだ小林宅には帰っていないことが判明したのだ。中江巡査が時計を見るとその時、九時半だった。それで中江巡査は兵隊時代の友達だという池田五助の家に行ってみたが、矢本佐四郎はたしかに兵隊時代の友達にはちがいないが、今夜は影も形も姿をあらわさなかったと、池田五助が言明したというのである。

これで犯人はほとんど確定したが、自分の家に自分で入った賊がはたして罪人といえるかどうか、私は中江巡査と一緒に六法全書をひねって研究したが、甚だ疑問だった。ともかく本署に連絡すべく、二里半の道を自転車をとばして、司法主任に経過を報告すると、

「その男をあす本署につれて来い。名目は参考人としてだ。おれがカタをつけてやる」

と司法主任が命令した。

で、そのあくる日、私は参考人矢本佐四郎を連行して本署に向った。長い四里の道中、佐四郎は青菜に塩をかけたみたいにしょげていたが、私はあえて沈黙を守った。お前は事件が解決するまでは沈黙をまもれと司法主任に言いふくめられていたからであった。しかし沈黙というものは、なかなか苦しいものだった。佐四郎も苦しそうだった。

が、やっと本署に到着して、司法主任の机の前に行くと、

「まあかけたまえ、ご苦労」と司法主任が参考人と私に言った。

「さて、早速だが、矢本参考人はいま村の青年団長をやっとるそうだネ」

「ハア、やっております」と佐四郎が神妙に答えた。

「年はなんぼか」

「二十五歳です」

「ふん、割にふけて見えるのゥ。結婚したのはいつかね」

「二年前です」

「まだ子供はできんかね」

「ハア、まだであります」

「何かその方面の病気でもしたことがあるのかね」

「いいえ、絶対にありません。私は結婚するまで完全な童貞でありましたから」

「ふーん。それはいま時感心な若者じゃのゥ。ところで君は高等科を卒業する時は優等生で、卒業証書授与の総代にえらばれたそうだね」

「ハア、えらばれたであります」

「秀才なんだのゥ。奥さんは農村においとくのはもったいないほどきれいな人だそうだね」

「ハ、イエ、それほどでもありません」

「女学校を出とられるのか」

「ハア、県立××高女を出ております」

「すると高卒の君は、時には、奥さんにヒケメを感ずることがあるかね」

「いいえ、別にヒケメは感じませんが、私の持物に英語を書いてくれるので、便利なことはあります」

「どれどれ、ちょっとその君の帽子をみせてくれたまえ。ふーん、S・Yか、なかなか字も達筆じゃのう」

「いいえ、字の方にかけては私の方がうまいつもりであります」

「さて話は変わるが、君のその額のコブはいつできたんかね。あまり古いコブでもないようだね」

「ハ、……！　一昨晩であります」

「何時ころか」

「八時半ごろだったとおもいます」

「どうして、そういうコブが出きたんかネ。わしの推察ではそのコブは君の家の雨戸に君が頭をぶっつけたように思われるが」

「ハ、まことに相すみません。母の実家で酒をのんでいるうち、ひょいと魔がさして来たのがそもそもの原因であります。ハア。その理由はつまり、ちょっと申しにくくありますが、女房のやつ、もしもよその男が私の留守に入って来たら、どうするだろうかと、ワナをかけてやるつもりだったのであります」

「ハ、ハ、ハ。それであべこべに君がワナにかかったのか。人さわがせなことをしたもんじゃのう。人さわがせはソウジョウ罪に通じるのだが、今回は特に大目にみてやるから、真剣な気持にたちかえって始末書をかいて行き給え」

事件はこれであっさり解決がついた。

私は司法主任に特に注意されていたので、村ではこの事件を極力秘密にして知らん顔の一点ばりでおしたので、矢本佐四郎は青年団長の地位、名誉を失うようなこともなかった。気持が通じたのか、十月下旬のある晩、佐四郎が人目をさけてほりたてのサツマ芋を五、六貫匁ほど持って来てくれた。私はちょっとこまったが、しかしこれはワイロの部にはいるまいと判断して、本署には連絡することもなく、気持よくうけとってやったのである。

ボーナス異変

ある大学教授の説によると、「ボーナス」というのはラテン語で、「よいこと」とか「よいもの」とかいう意味があるのだそうである。

そんな語源はどうだってかまわないが、太吉じいさん（七二）とお花ばあさん（七〇）は、このほど、金一千円也の臨時収入があった。くれたのは、よそへお嫁にいっている末娘が遊びに来て、おいて行ったのである。

「お花、これは七三にわけようか、それとも六四にするか」とじいさんがきり出した。

「いやですよ。いまは男女同権なんだから、五分と五分にきまっていますよ」とばあさんが反対した。

「仕様がない。ではお前、オモテへ行って、両替えして来い」

オモテというのは、長男夫婦の家のことである。じいさん夫婦は、その家の裏の離れみたいな所に別住いしているので、自然にこういう言葉ができているのだ。

「いやですよ、じいさん、考えてもごらん。太郎の嫁は女学校の時から頭が優等なんだから、すぐばれちゃいますよ」

「ばれたって、いいじゃないか。別に人のものを盗んだんではあるまいし」

「ばかだねえ、じいさんは。ばれたら来月の小づかいが千円へるかも知れませんよ。基本給がへったんでは、ボーナスになりませんよ」

「ああ、そうか」

「だから、じいさん、これはナイショ、ナイショの話にして、あした二人でアベックで町へ出ましょう。それから二人でゆっくり相談しましょう」

ばあさんは、にたりと笑って、千円札を懐の奥ふかくしまい込んだ。

で、あくる日、じいさんとばあさんは連れだって町に出た。ちょっと注釈しておくが、この老夫婦は、近ごろ日本人の寿命がのびたせいか、二人ともまだ腰はまがっていないのである。食欲も非常に旺盛である。

「じいさん、ソフトクリームを食べましょうか」

と、とある喫茶店の飾り棚をのぞいていたばあさんが言い出した。

それで二人はまずソフトクリームをたべて、外に出ると、もう一軒別の喫茶店をのぞいていたばあさんが言った。

「じいさん、このいなりずしは安いね。たべて見ましょうか」

「うん」

それで二人は一皿四十円のいなりずしをたべて、外に出ると、また、ばあさんが言った。

「じいさん、このアベック・クリームというのはどんな味がするのかしら。ものはためし、食べてみましょうか」

「うん」

なるほどそのアベック・クリームというのは、八十円だけあって、おいしいものだった。けれどもじいさんはなんとなく不満だった。なぜなら、ばあさんが一人でイニシアチーブをとって、自分はあたかもばあさんのごちそうになっているようなふんいきがおもしろくないのである。

「ばあさん、食うのはこれでやめにしよう。そして残った金を、ここで五分と五分、公平にわけようじゃないか」

と、じいさんが言い出した。

「そうだね」

ばあさんは不承不承みたいにいった。が、アベック・クリームの勘定をすませると、残りの金を全部、テーブルの上にひろげた。

そして最も幼稚でカンタンな計算法で、端から端から一枚ずつとって、残り金を二等分したのである。

それから外に出ると、じいさんが言った。

「わしはちょっと、パチンコをして行く。お前は先にかえっておいで」

言ったかと思うと、じいさんはもう三、四間も先を飛ぶように歩いているのであった。

ばあさんは、逃げるものを追う気はなかった。やっぱり七十を越えても男の足は早いのである。だからといって、ふられたような寂しさが胸にこみ上げて来るのをおさえることはできなかった。

「お兄さん、このキャラメル、いくら?」

と、とある大きな菓子屋の店に入ると、ばあさんは無我夢中で言った。

「一個二十円です」と店員が答えた。

「そう。では、三百円ちょうだい」

ずいぶん大きなことを言ったものである。でも、言った以上、あとにはひけなかった。なんだかカタキウチでもしたような、せいせいした気がしてきた。

うちに戻ると、ばあさんは、そのキャラメル十五個のうち十四個を、押入の中の一番奥ぶかい所にかくした。そして一個だけは残して、ひとりでしゃぶっている時、裏木戸の方から下駄の音がきこえた。その下駄の音は、じいさんのに違いなかった。

あわてたばあさんは、キャラメルをざぶとんの下にかくすが早いか、じいさんがしょげきった顔をのぞけた。

「じいさん、パチンコ、すったね」とばあさんは先手をうっていった。

「うん」

「だろうと思った。でなくちゃ、こんなに早く帰らんもの」

「うん、そうなんだ。だからお花、これからわしはカタキを打ってくるから、ちょっと百円かしてくれ」

「かしては上げたいが、その百円がないんですよ」

「どうして？　水くさいことをいうなあ。お前とわしは五十年もつれそった夫婦じゃないか」

「じゃあ、じいさん、五十年前あたしが太郎をうみに実家に行ってたことがあるでしょう。おぼえていらっしゃる？」

「うん、そりゃちゃんと覚えとる」

「あの留守の間、あんたは宗右衛門の後家のオチイやんと仲よくしたでしょう」

「うん、そんなことはもう時効じゃよ。それよりもお花、早く百円だしてくれ。早く行かなきゃ、八十三番を人にとられてしまうじゃないか」

せきたてられて、ばあさんは、結局、へそくりの中から百円だして、じいさんに貸してやったのである。

が、じいさんはパチンコにかまけて、ついオチイのことを口にすべらせたのは、一世一代の不覚だったかもしれなかった。

その日から、今日で四日になるが、ばあさんは夜になると、えこじにもざぶとんを二枚しいて、じいさんの方にお尻をむけて寝ているのである。夏至はすぎたが夜はまだひえびえするのに、この分では、こんな状態があと何日つづくか、じいさんの頭ではちょっと見当がつきかねるのである。

春の湯たんぽ

「おじいちゃん。もうねたの」

と、おばあちゃんが声をかけた。返事はなかった。つまらないこと、おびただしい。大鼾《おおいびき》でもかいてねてくれれば、張合もあろうというものだが、近頃のおじいちゃんッたら、寝息さえろくにたてないのである。

以前、勤めを持っていた頃は、大酒をのんで来て、家がわれるような大鼾でねたりするので、おばあちゃんは、隣近所にさえ恥ずかしい思いをしたものであった。が、人間は変れば変るものである。隣近所に恥ずかしい思いをしている方が、何となく生き甲斐があるように思われてならないのである。

「おじいちゃん、もうねたの」

と、おばあちゃんはもう一度声をかけてみた。すると、

「ウ、ウ、ウ」

というような声がしたが、返事にはならなかった。

そのかわり、差し向いにねて二人の足先に公平に入れてある湯たんぽを、ぐいぐい自分の方に引き寄せた。意地悪でしたのではなく、無意識にそうしたもののようであった。

春になって、いくら夜が短かくなったとは云え、夕飯をくって、夕刊を隅から隅までみんな読んで、ぐっすりねてしまわれたのでは、何のための夫婦か、ばあさんは了解がいかないような気がするのである。

じいさんと云っても、孫たちがそうよぶので、自分もそうよんでいるだけで、本当のところは六十三歳とちょっとではないか。自分だって還暦にはまだ四年も間があるのである。

ばあさんは、ねむれないまま、電燈をつけると、じいさんが買って来た古本をひろげて読み始めた。

するとこんな話がかいてあるのが眼にとまった。

ずいぶん昔のことらしいが、京都から江戸へ行く若者が或る林を通っていると、ひょっこり女が抱きたくなった。と云って相手がいる筈もない。余計に抱きたくなって、むらむらと昂奮してくる肉体をどう処置していいか、方法もなかった。

ふと目をおとすと、大根畑が、目にとまった。秋のことで大根が成長して、土より白い根をもたげ、その白い色が女の肌を連想させた。若者は馬からとびおりると、大根を一本ぬいた。そうして大根に円い穴をあけ、その穴の中で慾望を達した。

するとそれから間もなく、その大根畑の持主である百姓が大根をぬきに畑にきた。百姓夫婦は十二、三になる女の子を一人つれていたが、その女の子が、先刻若者が用事をすました大根を見つけてしまったのである。

なんとなく香水のようないい匂いがするので、女の子はその大根を玩具にして遊んだところ、それから数か月たって、女の子は妊娠していることが、父母に判ったのだそうである。

女の子が父母に責められて、男は誰だ誰だと追及されたのは勿論のことであったが、女の子は答えるすべもなかった。

月がみちて可愛いい男の子を産んで、二三年たった。江戸から京都へ戻る若者が、再びその村を通る時、連れのものに昔の思い出話をしているのを、ふとききつけた母親が、すがるように若者を追いかけ、家につれて帰り男の子に対面させ、

「どうです。この坊やは、あなたと瓜二つでしょう」

ときめつけられ、若者はもう後にはひけず、その美くしい娘と晴れて結婚することになったのだそうである。

おばあさんは小学生の時、春になるとよく山へ行って、椿の木にのぼった。椿の花にはあまい蜜があって、その蜜を吸うためであった。

その時分には、むろん、パンツだとかズロースだとかいうものはなかった。

学校から戻って、山へ行って、椿の木にのぼって、枝から枝をつたって蜜を吸っていると、

「こら、サア公、お前のツビが見えるぞ」

と男の子が下からはやしたてた。

「見えてもええわ。あるものが見えるのは、当り前や」

とおばあさんは上から応じた。男の子のもののように、そうたやすく見えたりはしない自信があるからであった。

「生意気云うな。そんなことをぬかすと、下へ落してやるぞ」

男の子は、椿の木の幹をゆさゆさ揺すぶった。すると椿の葉や花がぐらぐら揺れて、ぶらんこをこいで貰っている時のような快感が五体を伝った。

「もっと、ゆすって。うち、ええ気持や」

と上から声をかけると、

「アホ」

男の子はサジをなげたかのように、退散して行くのが常であった。

実を云うと、おばあさんは、椿の花の蜜を吸うよりも、男の子に木を揺さぶってもらうことの方が愉しかったのである。その期待で木にのぼりたがったのである。けれども、男の子はエゴイストで、女の子を、真にたのしませる心得を、永遠に知らないかのようであった。

小学校を卒業した春、おばあさんは上の学校の試験を受けた。その頃は何でも呑気《のんき》な時代

であったから、卒業式がすんで、春のお休みに試験があった。ただ呑気にいかないのは試験を受ける場所が、たいへん遠くの町にあった。

先生も呑気なもので、特別に入学準備のようなことはしなかった。そのかわり、試験の時には、旅費は自前で生徒について来てくれた。

「それでは明後日は、朝の七時に、薬師堂前に集合することにしよう」

とおばあさんより七つ年上の先生が、卒業式の日に云った。

それで、その日の朝は、おばあさんはまだ暗いうちに起きて支度をした。今でもはっきり覚えているが、おばあさんは、黄八丈の袷《あわせ》に、唐チリメンの羽織を着て家を出た。頭の髪は長く三つに組んで、赤いリボンを結んだいでたちで、何かうきうきしたような、こそばゆいような感じだった。

麦畑の間の野道を半里歩いて、薬師堂の近くまで行くと、堂の前に誰か一人佇《た》っているのが、うす靄《もや》の中に見えた。近づいて行くとそれは助役の息子で頭はそれほどよくない久吉だった。

しかし久吉は顔が細面で色の白い生徒だったので、朝靄の中でみると、顔が一層白くひきたって見えた。

おばあさんは何だか胸がどきどきして、久吉のそばまで来ると、頭をかるくさげ、

「先生はまだ？」

とたずねた。すると久吉が、

「まだじゃ」

と怒ったような口調で云った。それから久吉は、白い顔をぱっと真赤にそめたかと思うと、袴の下の帯の間から大きな懐中時計を出して、じっと見つめた。照れかくしという動作に違いなかった。

だがその時、反対の方角から馬の蹄《ひづめ》のような音がしたので振向くと、それはもちろん馬ではなく、造り酒屋の息子の治男と先生が二人連れだって、飛ぶような速力でこちらに急いで来るもののようであった。

高島先生はいつもの通り、ラシャの詰襟服に下駄ばきという服装で、おばあさんと久吉が待っている所までくると、

「おい、みんな、今日は相当きついぞ。でも、ゆっくり、ぼつぼつ歩くことにしよう。サア公、大丈夫か」

とおばあさんの白い麻裏草履《ぞうり》に目をやった。

「はい。大丈夫です」

と、おばあさんは答えた。

そしておばあさんは高島先生と並び、久吉と治男が二人並び、四人は遠足の時のように、薬師堂を出発した。先生の命令で、無言のまま、一里余り歩くと、海岸に出た。そこは日本

海の荒磯で、潮鳴りがごうごうと音をたて、今にも霰《あられ》でも落ちて来そうな空模様に変った。

「先生、今日は海がひどく荒れておりますなあ」

とおばあさんが、恐ろしさをまぎらすため、先生に声をかけると、

「こら、黙って歩け。ものを云うてはいかん」

と先生が叱った。

顔をもぎるように冷たい風が海の方から吹いて来て、おばあさんの海老茶の袴をまくりあげた。しかし先生は風など一向におかまいなしのようであった。

そんな殺風景な海岸を二里ばかりあるいて、やっと辿りついた茶店に入ったのはお午《ひる》を少しまわった時刻であったろうか。四人の者は、そこでおのおの持参の弁当をたべた。が食事が終って、おばあさんがひとり腰掛からはなれて、茶店の上り框《かまち》に足をのせ、足袋をぬいでみると、おばあさんの足の指には、三つも四つも赤いチンチンぶくれが出来ているのであった。おばあさんはびっくりして、懐からちり紙を出して、チンチンぶくれの汁をしぼったり、指を塵紙で巻いたりしていると、後で先生の大きな声がした。

「さあ、みんな元気を出せ。もう一里半行ったら馬車があるぞ。それから、おい、男の生徒は、こんどはサア公のその荷物を持ってやれ。サア公のやつ、少々くたびれたらしいぞ」

おばあさんは何も女独特の秘密なものは持っていなかった。でも、自分の持物を男の子に見られるのは恥ずかしかった。が、先生の命令ならいたしかたもなく、久吉と治男がおばあ

さんの風呂敷包みをひろげ、櫛や石鹸や手拭や筆入れなどおのおの半々に等分して、銘々の風呂敷にくるんでくれるのを、横目でながめた。

それからの一里半は、でこぼこの山道であった。おばあさんは、足のチンチンぶくれが痛いのを我慢して歩いた。が、ともすると石ころにつまずいて、しまいには足の感覚がなくなり、もうこんな苦しい目をするより、一層のことここにしゃがみ込んでしまいたいような思いがした。急に頭がぐらぐらして、軀が宙にういてしまったような気持がした。

ふと気がつくと、おばあさんは、左の腕を先生に支えられ、右の腕を治男に強く握りしめられ、まるで自分が他人のように、前へ前へと進んでいるのであった。

そうしてやがて待望の馬車が待っている場所まで来て、馬車にのると、それからはもう車の窓にもたれて、心地よい居眠りをしながら、目的の町に着くことができたのである。

町についたのは、もうすっかり夕暮であった。先生は明るい電燈がきらめく表通りを素通りして、とある横丁に曲って「角屋」という看板のでている宿屋をさがし出すと、その晩は、その宿屋の二階の八畳の間に、四人で並んでねることになったのである。

ねる前、おばあさんは、前の晩、母親に教えられた「先生、お休みなさいませ」という挨拶をしようとしたが、どうしてもうまく口に出ないので、一人でもじもじしていると、

「挨拶はせんでもええ。早うサア公も寝い」

と先生が寝床の中から云った。そして先生は寝床からとび出ると、気をきかしたつもりで

あろう、パッと電燈を消した。

おばあさんは何となく心細くなって、

「先生、わたし、夜中にお小用に行きとうなったら、どうしましょう」

とおそるおそる尋ねると、

「一人では行けんのか。お前はまだヤヤコじゃのう。では、その時は先生をおこせ」

と先生の返事がした。

そしてうすくらがりの中で、くすくす忍び笑いをする久吉と治男の声が、手にとるようにおばあさんの耳に聞えたのである。

本を胸にあて、こんな回想にふけっていると、さっきまで隣家からきこえていたラジオの音もやんで、もう時刻は十二時を回ったのかも知れなかった。

おばあさんは寝床から出て、パッと電燈を消した。しかしおばあさんは、まだ何かコーフンしていた。

「おじいさん、おじいさん、たら」

おばあさんは、足の爪先でおじいさんの足をつついてみた。が、おじいさんの方からは何の反応もなかった。ねる子は育つと云うけれど、六十三爺がこんなにねこんでは、全くのところ、でくの棒にひとしいのである。

むやみに腹が立って、おばあさんは、足の先をおじいさんの股の奥の方まで突っ込んで、湯たんぽをさがした。すると何という得手勝手な爺であろう。おじいさんは湯たんぽを自分の股深くはさんで、完全に独占しているのであった。

おばあさんは、おじいさんに気づかれないように徐々に足先で湯たんぽを自分の方にころがして、公平に夜具の真中においた時、

「ち、ち、ちっくしょう」

おじいさんがおこって叫んだ。おばあさんはちょっと、どきりとした。が、その叫び声は正気ではなく半分以上、寝言にひとしかった。

それがわかると、おばあさんは、何となく夜具の真中では承知できなくなり、思いきって自分の股の間にひきよせると、やっと安心したような気持で、うつらうつら、深い眠りにおちることが出来たのである。

III

暢気な電報

敗戦後、まだ世の中が混沌として、闇が横行し、食糧不足に悩まされていた時分のことである。

その頃、私は田舎に疎開中であったが、或る日の夕方、私が中学一年生の長男を相手にへぼ将棋をさしていると、突然、

「木川さん、木川さん、電報ですよ」とあわただしく呼ぶ女の声が門の方で聞えた。丁度その時、私は将棋の方は上の空で、今夜の夕飯は何であろう、たまにはうまいものが食べたいもんだなあ、と考えている時であったが、思わず立ち上ろうとすると、

「それは、どうもすみませんなあ。こんなに遠い所を」と受け答えをする家内の声が聞えた。

「それで、小母さん、ハンコはいりますか」

「いります。奥さん、ハンコはいります」

女の声は息せききって聞えた。

それにつられたのか、家内が駈けるように座敷に入って来て、机の引出をがちゃがちゃいわせた。見るとその筈で、彼女はさっき鶏小舎に行っていたものらしく、左の掌に卵を一箇後生大事に握りしめて、右の片手で、引出の中をかきまわしているのである。

間もなく、ハンコが見つかって家内はあたふたと、もう一度外へ出て行った。すると間もなく、

「奥さん、わたし何てそそっかし屋なんでしょう。電報を局へおき忘れて来たらしいんですよ」

と云う小母さんの声が聞えた。

障子がしめてあるので、小母さんの姿は見えなかったが、あわてて身体のあちこちに手を突っ込んで、捜している様子が気配で見えるようであった。

「やっぱり、ないですか。でも、小母さん、その電報に書いてあったこと、小母さんは覚えていらっしゃらないの」と云う家内の声がきこえた。

「それは奥さん、覚えては居りますが、でもねえ……」

「いいじゃないの。それを口で仰言ればいいですよ」

「ええと、……それが奥さん、何だか大変なんですよ。……ええと。アスシメコロス、ゼヒコイ、カネ、……こう打って来ているんですよ。わたしそれを見て胸がどきどきして、それ

で電報を局におき忘れてしまったんですよ。でも、忘れたのはわたしの粗相なんですから、どれ、これから大急ぎで取って来ますよ」

粗忽者の小母さんは、もうばたばたと駈け出して行く足音が聞えた。

私の家から、村の無集配三等郵便局までは、一里近くもあるのである。

その時私の王様は、油断がたたって、ぎゅうぎゅう長男の手で追いつめられているところであったが、

「おい孝夫、お前、今の電報を郵便局まで取りに行ってやれよ。小母さんは歩いて来たらしいぜ」

と長男をうながすと、

「うん。でも、父ちゃん、その間にこの将棋の駒、ざらざらっと壊しちゃ駄目だよ。僕、帰ってからやるんだから」

と半分うらめしそうに念をおして、長男は土間の自転車をひきずり出して出かけた。

つづいて、私も外にでてみた。すると家内は門の所につっ立って、その後をぼんやりした顔で見送っているところであったが、私の姿をみると、

「あなた、今の電報の文句、ちゃんと聞いていらしたんでしょう。明日しめ殺す是非来い、ですって」

「…………」

私は家内が別にびっくりした様子も見せないのが不満だった。

「発信人はカネ。……カネさんって、いったい何者ですの？」

「カネさんだなんて、親密げな口をきいてもらうまい。あれは俺の小学校の時の恩師さ。金子銀蔵先生と申上げるんだ」

「へえ。先生ですか。わたしは又どこかの闇屋が闇酒が手にはいったから、取りに来いという暗号電報かと思いましたよ」

「冗談じゃない。……それより、今のあの小母さんはいったい何者なんだい？」

「あの小母さんは、郵便局の裏のひとですよ。電報配達の人が忙しかったり病気したりした時、臨時に雇われるんですよ。それ、局の裏に海老沢って柳の木のある家があるでしょう。あそこの後家さんですよ」

家内はちかごろ、P・T・Aだの婦人会などにしばしば出席するので、私なんかより何倍か世情に通じているのであった。

私は門の外に出て、南の方に目をやると、長男の孝夫がその後家の小母さんを自転車の尻に乗っけて、赤い夕焼の田圃道をひゅうひゅう、風のように飛ばしているのが見えた。ところで金子銀蔵先生というのは、家内が邪推したように酒の闇屋なんかでは絶対になく、本当に私の小学時代の恩師なのである。その日から、凡そ十日ばかり前のことであったが、私が町へ用事で出かけた時、裏口営業の或る呑屋に立ち寄ると、私はそこでひょっこり、先生に出逢ったのであった。

実に二十年ぶりの邂逅で、話がはずんで、尽きるところを知らなかったが、先生の終バスの時間が来たので、やむなく私はバスの発着所まで先生を送って行った。そうして、今にもバスが出発しようという間際に、

「じゃ、君、近いうちにもう一度、呑みなおそう。うちに兎が飼ってあるからのう。そいつをつぶして一杯やろう。その日取は追って通知するから、万難を排して是非来てくれよ」という約束が出来ていたのであった。まさかその通知が電報でくるとは予想外であったがあくる日、私は二里の山道を自転車をふんで先生のお宅にでかけた。先生は例の農地改革をきっかけに名誉ある小学校長の椅子も、郡内校長会長の椅子も、弊履《へいり》の如くになげうって、百姓になって居られたので、家の様子も何だか以前とは変っていた。昔は綺麗に刈り込んであった前栽を、松や百日紅《さるすべり》の古木まで惜し気もなく伐りはらって、その跡に大根や葱や蕪の葉がしげっているのが、先ず私の目にとまった。

「先生!」と、私が自転車のスタンドを立てながら声をかけると、先生は家の中から飛ぶように出て来られて、

「おう。よく来てくれたのう。坂道が難儀じゃったろう。すまん。すまん。ところで君、これじゃよ。まあ一寸見てくれ。よく太って居るぞ」

と自慢しながら、先生は早速納屋の軒下に私を連れて行かれた。

納屋の軒下には石油箱を改造した格子つきの木箱が置かれて、その中で、二疋の白兎がくるくると円形を描いて、無心にとびまわっているのが見えた。

が、私たちの姿に気づくと、二疋の白兎は、木の格子の間に顔をくっつけて、ひくひくと鼻をうごかして何か食物をおねだりするのであった。

私はそこの籠にあった大根の葉っぱを取って、格子にのぞけた。すると二疋が競争するように食べてしまったので、又一本のぞけた。それから又一本のぞけようとすると、

「じゃあ、すまんが、君、一つたのむぜ」と先生が私の暢気《のんき》な動作をさえぎるように声をかけた。

「これをですか。……先生?」と私がしゃがんだまま先生をふり仰ぐと、

「そうじゃよ。これじゃ!」

「しかし、先生、これは、一寸、無理ですな」

「だて、君は、兵隊の時、豚をやっつけた経験があるから兎の一疋ぐらい朝飯前だと言ったじゃないか」

「そんなことを言いましたかなあ」

「言ったよ。たしかに言ったからこそ、わしは電報を打ったんだ。善は急げで、本当はもっと早くやりたかったんだが、酒の入手がおくれたんでのう。酒が二升昨日はいったから、大至急で電報をうったんだよ」

「そいつは困ったですなあ。じゃ、先生、先生が雄渾一擲《いってき》、ギュッとひとひねりして下されば、後の料理は一切僕がひき受けますよ」

「無茶を云うな。わしは飼主じゃ。飼主のわしにそんな無慈悲な真似が出来るか」

先生と私は、昔の師弟関係の情誼も忘れて、暫くなすり合いの口論がつづいた。が、そこへ先生の奥さんが出て来られて、仲にはいられて、結局のところ、今日は兎の料理は残念ながら、おあずけと云うことに落着したのである。

それで私は先生の座敷へあがって、先生と囲碁をたたかわせたりしているうち、先生の奥さんと娘さん心づくしの手料理ができて来た。それで私は珍しい野菜や椎茸のてんぷらなど、しこたま御馳走になって、先生とさしつさされつ昔話に花をさかせ、いつの間に日が暮れたのかも覚えず、二升の酒をすっかり平げ、二里の山道を悠々自転車にのって、鼻唄なんかうたいながら、我が家に辿りついたのは、その日の夜中の十二時も、もうとっくに過ぎた時刻であったのである。

志だけ五十年

古諺《こげん》に「むしろ鶏口《けいこう》となるとも、牛後《ぎゅうご》となる勿れ」と言うのがある。大きなものの部下になるよりは小さなものの長になれ、という意であろう。

ところが、我が愛する木山捷平君などは、齢まさに五十になんなんとするのに、いまだかつて一度も鶏口となった覚えがないのである。

今から凡そ十年ばかり前のことだが、時の政府の命によって、隣組というものが出来たことがある。これはちょっと鶏口になるには手頃のチャンスであったが、その組長にさえ捷平君はなりそこねたのである。

春であったか、秋であったか、——いや、火鉢のいらぬ時候であったから、夏であったかも知れない。その第一回の顔合せが、捷平君の隣家の松原さん宅で催された。どうも気のすすまぬ話であったがなるべく男が出席せよとのことであったので捷平君も出かけた。集った面々は松原さんのほか、赤池さん、神岡さん、和田さん、小柳さん、蛭間《ひるま》さん、池田さん、吉田さん、樋浦さん、捷平君、以上十人のほかに、紅一点としてブルニエさんの奥さんが交っていた。尤も捷平君はそこへ越して行って一番日も浅かったし交際の必要もなかったので、それらの人々と完全に初対面であったが、次第にその後、顔と名前を覚えるようになったのである。

「それでは、皆さん、お忙しいところを御足労に存じまする。実はただ今も雑談で申し上げました如く、この度隣組というものが結成されることになりまして、不肖私が町会によび出されて、ここにお集りの十一軒の方々でもって一つの組を作るよう仰せつかりましたので、何卒よろしくお願い申し上げます。就いては至急組長を選出して報告せよ、とのことでありますので、今夕の集合ではそれを決めて頂きたいのであります。但し、ちょっと申し上げにくいのでありますが、ブルニエさんは外国人でいらっしゃいますので、外国人は組長になることは出来ない規定だそうでありますので、ざっくばらんに一言お取次ぎしておきます」

松原さんがこう開会の辞をのべられると、一座のものは暫くしんとした。が、そのしんとした空気を破るかのように、また雑談がつづいた。

見かけたところ、捷平君は誰も組長になりたがっていないように察しられた。雑談のふしぶしから窺うと、松原さんなども震災後いち早くこの郊外の新開地に家を建てて引越して来られた、いわば古顔という意味で、町会に引っ張り出されたに過ぎないらしいのである。野菜の上手な作り方など説明している人があるので、不思議なような気がしてきいていると、その人は農学博士であることが後になって判ったのである。ドイツのインフレの喜悲劇など例をあげて説明している人があるので、不思議なような気がしてきいていると、その人は或る銀行の支店長であることが後になって判ったのである。

それで結局のところ、もう大分夜がふけてから、組長の選出はくじ引できめるということに落ちついたのである。それまで煙草ばかりプカプカ吹かしていた捷平君が、松原さんがこさえたカンジンヨリの一本をひくと一〇と出た。

つまりこれは十人中十番目という意である。言葉をかえて言えばビリということである。くじをひく前、組長の任期は半ヵ年ということにきまっていたので、捷平君が胸の中に手を入れて勘定してみるのに、彼が組長に就任できるのはなんとまる五年も先になるのであった。なんだか、前途遼遠ということは、さみしいものである。恥をしのんで打ち開けねばならぬが、前にも言ったとおり、捷平君は生れてこの方、長の字のついた肩書を持ったことがないので、こういう機会に一度ハクをつけておくのも、あながち無駄ではないとひそかに思っていたのだ。戦争はだんだんはげしくなる気配だし、いつどんなことで死なねばならぬかも分らぬ空気だし、自分が死んで子供が墓をこさえてくれる時、生前何一つ墓碑に書きしるす肩書がなかったのは困ったものであろうと思っていたのだ。

十日ばかり過ぎた或る日、第一期組長であるところの赤池さんが捷平君の借家に寄られた。

あいにく細君が留守であったので、捷平君が自ら玄関に出て行くと、「すみませんが、これを一つ、配給して呉れませんか」と赤池さんが言われた。そして赤池さんは何か書き込んだ洋紙と配給券をおいて行かれた。

言いおくれたが、捷平君は赤池組長さんの助手ということになっていたのだ。つまり、先日のくじ引の結果によって、一番と十番、二番と九番という風に、一人は組長の事務や会議に出席して、もう一人の方が小使の役をつとめることに決っていたのだ。

それで、今日の役目は何であろうか、第一期の助手であるところの捷平君が、赤池さんがおいて行った「東京帝国大学」という文字の印刷された罫紙を手にとって眺めると、それは婦人用衛生綿の配給で、各家庭別に満十五歳以上の御婦人の姓名がきちんと記入されているのであった。

捷平君はその配給券の中から先ず細君の分を一枚とって、茶簞笥《ちゃだんす》のなかにしまった。それから善は急げでさっそく各家庭へ配給にでかけた。

先ずお隣の松原さんへ行って、

「今日は。衛生綿の配給券を持って来ました」

と大きな声で叫んで、配給表と照らし合わせて、券をわたせばいいのである。松原さんのところは二枚で、案外無事にやれるものである。

神岡さんが一枚。池田さんは四枚。赤池さんはすでに配給済であるから行かなくてもよろしい。次は和田さんで、その次が小柳さん、それから吉田さん、蛭間さんという順序で、その次にブルニエさんへ出かけた。

ところが西洋人の宅を訪問をするのは初めての捷平君はブルニエ邸の前でやや戸迷《とまど》いを感じた。その頃はすでに何でもかんでも西洋式は非国民になっていたので、捷平君は少し思案したあと、ブルニエ邸の玄関のドアをノックしながら、「今日は」「今日は」と叫んでみた。和洋折衷でやったのである。

すると間もなくピアノの音がやんで、廊下をスリッパで歩く音がきこえた。それから玄関のドアの鍵をはずす音がきこえて、中から大きな図体の五十五歳位の西洋人が顔をのぞけた。捷平君はまたまた暫し戸迷いを感じたが、フランス語は片言もわからないのでやむなく、

「衛生綿の配給に来ました。これ、これです」

と、日本語で叫ぶように言って、券をわたそうとするが、ブルニエさんはけげんな顔をして、なかなか券を受け取ってくれぬのである。

時間にして十秒か二十秒、捷平君はブルニエさんと睨めっこみたいな恰好になったが、思いきり飜訳句調になって、

「ワタ。ワタ。……オクサン。ワタ。ワタ」

と、叫ぶと、捷平君の飜訳もやっと相手に通じたと見えて、

「オー、ワタ。オー、オクサン、ワタ。ドウモ、アリガト」

と、途端に相好がくずれて、券は難なくブルニエさんの手に渡ったのである。

こんな風にして発足した隣組であったが、その後御多分にもれず指環の供出や防空演習などで、感情がもつれだしたのは、罪は時世にあったのである。実際罪なもので、この隣組は十一軒が十一軒とも完全に灰になったりして、皆んなちりぢりばらばらになって、隣組も自然解散になって、とうとう組長のおハチは捷平君には回って来ずじまいになったのである。

ところが去年、つまり終戦後六年目になって、ちりぢりばらばらの元の組員の消息がやっと大体判明して来た。世話ずきの蛭間さんの奥さんの奔走の結果によるものである。元の所から言えば皆んな云い合わせたように西へ西へと移転して元の番地にいるものは一人もないのは奇妙な現象であったが、これも何かの因縁であろうから、昔のバケツ仲間が一度集合してみようということになったのである。会費は百円で鮨を食うのがプランであった。

それで去年の初夏に一度、合計二度集合がもたれたわけだが、この集合は男子禁制という不文律ができている。どういう訳かはっきりは分らないが、何だか張り切って今年の会場である吉田さん宅へ出かけた捷平君の細君が帰ってから言うことには、

「あなた、小柳さんの奥さんがあなたに呉々もよろしくってよ。去年云おうと思っていたんだけれど、つい忘れてしまったんですって」

「何のことかね、それ」

「何だかしら、あなたが脱脂綿の配給券を持って行ったことがあるんでしょう。覚えていな

い？」

「うん、うん、それは覚えているが、それがどうしたんだ？」

「その時、小柳さんの奥さん、丁度風呂から上ったばかりで真っ裸だったんで、大変失礼しましたと伝えてくれって」

「へえ、しかし、おれはそんなこと、ちっとも覚えていないぜ」

「ハ、ハ、ハ、やっぱし、そうなの。でも小柳さんの奥さん、大周章《あわ》てに周章てて、障子をぴしゃっとしめて、その障子の穴から配給券を受け取ったんですって。そうしたらあなたも大周章てに周章てて駈け出したんで、未だにもって気にかかっているんですって……」

言われてみれば、捷平君もその時障子の穴から券をわたしたことだけは、はっきりと思い出された。

察するところ、この集合では時代の影響力も手伝ってか、大体に於てこれに類する話がはずんでいるもののようである。指を折って数えてみるまでもなく、当時三十五の奥さんは四十五に、四十の奥さんは五十になっているのだ。丁度話したい盛りなのかも知れない。それであるから捷平君は組長にはなりそこねたけれど、今ではそれを苦にしているという程でもないのである。

それより残念なのはブルニエさん御夫妻が終戦前後につづいて亡くなられたのと、赤池さんの消息がいまだに不明で、出席がないという事である。

酔覚の水

一

正月二日のことである。

東京芸美大学のフランス語の講師笹岡千秋氏は、フランス語の主任教授のところへ年始に行くべく、郊外バスに乗り込んだ。するとそのバスの中でひょっこり鳶の銀さんに出会った。

「あ、笹岡さん！」と先に声をかけたのは銀さんであった。

「おや、銀さんか。これは、これは。どうも、新年おめでとう」

呑助の笹岡氏は朝から家で一杯やって出たので、口の辷りがよかった。

「おめでとうございます。旧年中はいろいろ……」

銀さんは中折帽をとって立ち上った。そして笹岡氏に席をゆずろうとするのを、笹岡氏は手で制した。銀さんも、この満員バスの中で、座席の交替は傍迷惑と見てとったか、また腰をもどした。

「ところで銀さん、今日はどちらへ？　馬鹿にめかし込んでいるので僕はちょっと分らなかったよ」

笹岡氏がもう一度、しげしげと銀さんの毛皮つきのトンビに目をそそぐと、

「へ」と銀さんは何か曖昧な返事をして、狸のような黒っぽい、どことなく愛嬌のある顔を二三度なでまわした。それからなお暫く思案げであったが、

「実は旦那、あっしは今日、正月早々あまり嬉しくないんですよ。話を全部しなきゃ分りませんが、まことに阿呆らしい問題が、空から降ったみたいに湧いて来ているんですよ」

「いったい、何だい？　空から降るなんて、まさか、ビキニの灰でもあるまいし……」

「そうですよ。そんな文化的なのじゃなく、つまり、その、問題ってのは、あっしの嬶《かかあ》を寝取られたって訳ですよ」

「え？　何だって？　だとすれば、相手がある筈だろう？」

「むろんですとも。それ、旦那、去年旦那のお宅の囲炉裏《いろり》炬燵をきらして頂いたでしょう。恰度あの時分、あっしの所では、チャチなものですが、思いきって家の建増しをやったんです」

「うん。それは聞いたよ。実物はまだ見ていないが、何れにせよ、銀さんも戦後相当儲けたんだろう、家の増築を自力でやるなんて、ちょっとやそっとでは出来ない芸だから、われわ

れのような公庫住宅などとは筋が違う、なんて、僕は家内と話して、ひそかに羨望したもんだよ」

「とか何とかおっしゃっても、それが旦那、たった四畳半を突き出しただけの粗末なもんですが、その時、あっしが頼んだ大工がむっつりの虎公という、あっしとはもう十五年も附合いのある大工だったんですよ。ところが、その虎公の奴は、古い知合いでもあるし、一つには仕事を丁寧にやって貰おうって下心から、今時こんな慣例はなくなっているんですが、あっしは嬶に云いつけて、毎晩一本つけさしたんですよ。ところがその一本が取り持つ縁になって、二人の奴がくっつきやがったんですよ」

「ふーん。なるほどねェ。しかし、それにしても、確かな証拠は、あがったの？」

「証拠どころじゃありませんよ、旦那。暮の晦日《おおみそか》に虎公の奴、羽織袴でうちへやって来て、銀さん、銀さんの顔に泥をぬってまことに申訳ないが、実はかくかくの関係になってしまったのを、今更後へ戻す訳にもいかないから、一層のことお前のおかみさんをわしの所によこしてくれ、と直接談判にやって来たんですよ。あっしは寝耳に水でびっくりしましたが、しかしあっしの一存できめる訳にもいかないから、嬶をよびつけて訊いてみますと、嬶の奴、あたいも父ちゃんの顔に泥をぬってまことに申訳ないけれど、実はかくかくの関係になってしまったのを、今更後へひくことは出来ないから、あたいも虎さんのところに行く、とこうぬかしやがるんですよ」

「なるほどねェ。だけど銀さん、その虎公という大工の細君は……」

「それがです。丁度具合よく、去年の春、虎公の奴、細君に死に別れて、子供を三人抱えて、不自由していたので、われわれ職人仲間は同情してやっていたんですが、まさかその皺寄せがあっしのところへ来ようとは夢にも思わなかったのが、後から考えれば、あっしの手落というものだったんです。だからと云って、あっしも人の手のついた嬶を手許においとくのは、穢《きた》ならしい。ですから、そこは癪《しやく》ではありますが民主的に解決して、今日さっそく、嬶の奴が、虎公のところへ嫁入りするという段取りになっているんですよ」

「ほ、ほう。それで子供さんはどうするの？」

「それですよ、問題は。実際、これにはへこたれましたよ。上の奴が小学五年生で、下の奴が二年生で、嬶の奴も最初は連れ子をして行くつもりだったんですが、虎公の奴がそれはちょっと待ってくれ、何しろうちは六畳一間にいま四人寝起きしているところへ、三人も一緒におし寄せられては、足の踏場もなくなる。わしも近いうち銀さんのようにもう一間建増しをするから、それまで待ってくれ、とこう云うんです。云われて見れば全くその通りなんで、どうせ災難ついでだと思って、待ってやることにしましたよ。と云ってもあっしが子供の世話をしてた日にゃ、父子もろ共干乾しになってしまいますから、あっしの妹が千住の方に片付いておりますので、今日はその妹のところへ二人の餓鬼を預けに出かけている所なんですよ」

「ああ、そうなの……」

と笹岡氏が相槌を打った時、バスが終点の吉祥寺駅前に着いて止った。

その拍子に、笹岡氏はどやどやと、背中を突つかれた。やむなくその勢におされて車を降りると、一番最後になって、銀さんが混雑の車内で何処にいるのか判らなかった二人の男の子をつれて降りて来た。

「銀さん、ここだよ」と赤いポストの蔭に風をよけて煙草の火をつけていた笹岡氏が声をかけると、

「あ、……で、旦那はこれから、どちらへ」

と銀さんがきいた。

「僕は東中野、とにかく、東中野まで一緒に行こうや」と笹岡氏が誘うと、

「折角ですが、あっしはちょっと、ここで土産物を買おうと思いますので……。千住へ着いてからでは勝手が判りませんから、ここで片付けてからにしたいと思いますので……」と遠慮がちに云った。

「ああ、そう。じゃ、またゆっくり遊びにおいでよ。うちはちっとも遠慮はいらないんだぜ」

と笹岡氏が気をきかして、こういたわりの言葉をかけると、

「へい、そのうちぜひお邪魔させて頂きます」

と、銀さんは頭から中折帽をとってお辞儀をした。すると二人の男の子もそれに和してペコンと頭をかがめた。二人の子供はまだ母の嫁入のことは知らないのか、決してしょげた風は見えなかったが、学校は休暇なのに肩にぶらさげたズックのカバンが、何とも云えずチグハグに笹岡氏の眼に映じた。

二

ちょっとここで笹岡氏の齢を紹介するなら、笹岡氏は当年とって数えの三十八である。そしてその奥さんは数えの三十三になったのであるが、二人の間にはまだ子供はなかった。ところでその日、日がくれてから家に帰ると、笹岡氏は「おい」「満枝」と二度ばかり奥さんをよんだ。が、返事がなかった。まさか奥さんが銀さんの細君の真似をして家出したとは思わなかったが、家の中がいやにひっそりして、何か空虚な気持が胸にこみ上げて、

「おおい。満枝はおらんのか。馬鹿野郎!」

と、大きな声で怒鳴ると、その拍子に、さっきしめた玄関の戸ががらりと開いて、

「あら、お帰んなさい。外は寒かったでしょ」

と当の奥さんが、はずんだ声で帰って来た。みると、奥さんは何か若々しい花模様のある羽織なぞきこんで、めかしこんでいるのである。

「なァんだ、お前か。さかり犬みたいに、日がくれてから、何処をうろうろしてたんだ！」

「何、云っていらっしゃるの、わたし今、角の藤屋まで塵紙を買いに行ってたのよ。そうしたら、あなたがバスからお降りになったので、こちらから目くばせしたら、あなたもにこりとお頷きになったじゃないの。さ、靴をぬいで、お上りなさい」

「ぬがしてくれ、こ、ここはおれの玄関だ。遠慮するない」

やっと靴がぬげると、奥さんは笹岡氏を抱きかかえて四畳半の茶の間に連れて行った。そうして洋服をぬがしたり、丹前を着せたりしているうち、案外この亭主は、さっき自分が早合点したほど、泥酔していないのに気づいた。で、

「どう？　すぐ、御飯になさいます？……それとも？」と水をむけると、

「うム。一本つけて貰おう」と笹岡氏は怒ったような調子で答えたが、両の頬にはにこりと微笑がうかんだ。

機嫌のなおった笹岡氏は、炬燵にもぐりこんで、留守の間に来ていた年賀状に目をとおしていると、炬燵の上にはいつの間にか、正月らしい数の子、ごまめ、蒲鉾などのサカナがならんだ。

「どうもお待ち遠さま。さあ、どうぞ」と奥さんが炬燵の向うから銚子をとりあげた。で、笹岡氏は奥さんのお酌で、一杯のみ直しながら、やっとのことで、朝のバスの中できいた銀さんの新ニュウスを話してきかせる段階に到達したのである。ところが、一応その新ニュウ

スの伝達が終ると、

「まあ、そんな無茶なことってあるかしら」

と奥さんは笹岡氏がつくりごとでも話したかのように云うのであった。

「あるか知らって、これは銀さんの直話《じきわ》だぜ。銀さんは嘘をつくような男ではないよ」

「それにしてもよ。あのおかみさんに手を出すなんて、随分物好きな男もあるものねえ」

「そりゃ、あるさ。蓼《たで》くう虫も……。だが、銀さんのおかみさんて、おれは見たことがないが、そんなにまずいのかい？」

「そうね。どう云ったらいいかしら。ちょっとこんな風に、鼻の穴が上をむいた、色の黒い、背のずんぐりした、……そうとでも云うよりほか云いようのないひとよ。それより、あなた、わたしは今日あなたのお留守の間に、初風呂に行って、体を浄めてそれから小穴八幡様に初詣でして来たのよ」

「へえ、いやに信仰家になったもんだなあ」

「だって、わたし来年の三月で、満三十三の厄になるんですよ。それで来年の二月頃までぜひ赤ちゃんが一人生れますようにって、祈願して来たの」

「来年の二月！　といえば、ええと……今年の三月頃までに、タネはおろさなければならない勘定になるねエ」

「そうよ、だから序《つい》でというのではなく、あなたの身体もますます精力旺盛になりますように、祈願をこめて来たのよ」

「ふーん」

と笹岡氏はこたえた。が、内心なんとなく、自分は少くとも助教授に昇進するまでは、子供など欲しくないいような気がしていた笹岡氏は、

「ああ、そうそう」と話題をかえた。「お前のその初詣で思い出したが、おい、おれの外套のポケットを見てごらん、お前に今日は土産を買って来てあるんだ」

「まあ、何ですの?」

奥さんは炬燵からとび出た。そして釘にかかった外套のポケットから、紙にくるんだ小さな包みを取り出し、もどかしげに紐をとくと中から出て来たのは、黄金色の粒のふさふさした稲穂の簪《かんざし》であった。

「まあ。珍しい! ……素敵ねえ」と奥さんは云ったが、指環やイヤリングほどに眼の色が変る筈はなかった。それも道理で、笹岡氏は、その何年ぶりかで、街で見かけた稲穂の簪が気に入って、かえりに一杯機嫌で小間物屋に立寄って、買ってみただけのことで、もともと奥さんの土産にしようという意志はなかったのである。

「だが、満枝、それは正月の縁起ものなんだぜ。たわわに実る豊穣の秋とかいって、さっきの祈願の話じゃないが、ひょっとしたら、今年の秋頃には、お前も本当に生れるかも知れないよ。ちょっと、さっそく挿してごらんよ」

笹岡氏がこう云うと、奥さんは鏡台の前に行って坐った。そして鏡の中をのぞき込んで、何かしきりに工夫をこらしていたが、やがてこちら向きになり、

「どう？　これでいい？」

と生真面目な顔で、両手をきちんと膝の上にそろえた。

「うん。いいよ。……それでいい」

笹岡氏はつくづくと奥さんの顔を眺めた。むろん街でみかけた日本髪の娘のようにうまくはいってはいなかったが、でもパーマの一隅に挿し込んだ稲穂が、薄化粧をほどこした頬にたれさがっている風情が、何とも云えず初々しい感情をそそった。

「よし。じゃア、今夜はこのくらいにして、ぼつぼつ寝ることにしようか」と笹岡氏が宣言すると、

「…………」

奥さんは無言のまま、こくりと一つ頷いてみせた。が、みるみるうちに眼もとがぼうとうるんだ、両の頬が木苺がうれるみたいに赤く染まって行った。

三

ところが丁度その時、玄関に誰か来たような気配がした。笹岡氏が声をかけて確かめると、

それは今朝いつでも遠慮なく遊びに来るように云っておいた銀さんであった。仕方なく、奥さんが出て行って、再び茶の間に引きかえすと、銀さんは律儀にも蜜柑箱などさげて来ているのであった。

三人の間で、改めて新年の挨拶がかわされた。笹岡氏はあれから千住の方の交渉はどうであったかと訊くと、その方はうまくいったという返事であったが、銀さんは何となく今朝よりも元気がなかった。

「銀さん、まあ、一杯いこう」

笹岡氏は遠慮している銀さんを無理に炬燵に誘い入れて、盃をさし出すと、

「へ、それじゃ、ほんとの一杯だけ頂戴いたします」

と銀さんは笹岡氏の盃をうけたが、盃を口に持って行って、一なめしただけで、下においた。

「銀さん、飲んでくれよ。酒はあるんだぜ。そんなに遠慮されちゃ、僕は困るよ」

「へい。でも、あっしは、無調法なもんでして……。ども相すみません」

「そんなに飲めないの。へえ、そいつは知らなかった。だけど立場をかえて、僕が今日かりに銀さんだったら、じゃんじゃんやけ酒でもやるところだがなア。やけ酒って、割に面白いもんだぜ。やけ酒も面白いが、飲んだあとの酔覚めの水、こいつがまたたまらないんだ。それから、これは今日東中野の先輩にきいたんだが、江戸の川柳にも、○○の生酔い女房られ

しがり、というのがあって、こいつがまた実にたまらないもんだそうだ」

と気焔をあげているところへ、台所から新たに酒肴をはこんで来た奥さんが、素知らぬ顔で銀さんに新しい盃をすすめた。

「ヘッ」

と銀さんはあわてたが、奥さんのお酌で一杯ついで貰うと、一大決心したかの如く、貝殻で熊胆《くまのい》でも飲む時のような要領で、一気にぐっとのみ下した。

「その意気！　その意気！」

「ではもう一杯」

と笹岡氏夫婦が一緒になって声援をおくると、

「実は旦那、こういう風にして、あっしの家では今、嬶の奴と虎公の奴が、三三九度をやっているんですよ」

「ええ？　何だって？　そいつはいくら何でも、僕の想像外だ」

「あっしだって想像外でしたよ。さっき、千住に子供をあずけてやれやれと思って家に戻って見ますと、建増しの四畳半に電燈がついているではありませんか。あっしは泥棒でも入ったのかと思って、そっと覗いて見ますと、二人が差向いでやっているんですよ。あっしは腹が立つよりも、愛想がつきて、逃げ出して、こちらへお邪魔に上ったような次第ですよ」

「そうか。それはいくら僕が呑助でも賛成できないなア……まあ、銀さん、もう一杯いきなよ」

銀さんはすすめられて、二三ばい盃をかさねたが、飲みなれない酒を飲んだためか、たちまち顔から咽喉《のど》まで茹蛸《ゆでだこ》のように真赤に染まったかと思うと、畳の上にごろりと横になって、雷のような大鼾《おおいびき》をかき始めた。

びっくりしたような、困ったような顔をして、奥さんは暫く気をもんでいたが、「大丈夫かしら？」というような目付をして、笹岡氏の横にすべりこんだ。

そうして笹岡氏の脛をなでたり膝毛をひっぱったりしながら、どのくらいの時間がすぎたであろうか。およそ二十分ぐらいであったと思うがまるで突然――

「ガバッ」とでも形容するよりほかない物すごさで銀さんが飛び起きた。その勢におどろいて奥さんも炬燵をとび出た。見ると、銀さんはがたがたふるえているのであった。

「銀さん。どうしたの？」と笹岡氏が割合におちついて訊ねると、

「ダ、ダ、旦那！」

「どうしたんだい、銀さん。へんな夢でも見ていたの？」

「ち、違いますよ、旦那。ア、ア、ア」と銀さんは茶の間と台所の境の襖《ふすま》の方を指さしたが勿論襖に異常がある筈はなかった。

「あれです。たしかにあれです。旦那、いまうちの媽が嫁入りしているところです。こん畜生め！　やっぱり、あっしが思った通り、あんなこん畜生でも、表通りは外聞が悪いと見え

て、裏道からこそこそやって来たんです」

銀さんはじっと耳をすました。つられて笹岡氏も耳をすますと、なるほど、外の方から、かたかたかたという車の響きらしいものが聞えた。

「うん、そうか、あれか！」

と笹岡氏は内証のように囁いて、炬燵からとび出た。そして銀さんに目で合図して、襖をあけ、襖つづきの台所に抜足差足でしのび込んで、硝子窓を細目にあけて外をのぞいた。するとことこと、銀さんの勘のとおり笹岡氏の家の裏の路地の親道《おやみち》である、巾二メートルばかりの畑道を、荷物をつんだ車が、北から南に向って、やって来るのが見えた。

「ほんとに、あれか？」

「あれです。そら、旦那。前の方のが虎公で後にいるのが嬶です」

銀さんは囁いたが、笹岡氏はしかと確かめきらないうち、車は隣家の生垣のかげに隠れた。笹岡氏は追及心がわいて、台所の踏込にころんでいた下駄をつっかけると、外にとび出た。そして隣家の生垣のかどの所まで行って目をこらすと、なるほど車をひいているのは荷物にかくれてよく判らなかったが、後から押しているのは、頭に白い手拭をかぶった女の姿にちがいなかった。

だんだん夜目になれると、その姿が却ってはっきりと、八日ぐらいの半月の光に映りだされた。

が、それもやがて見えなくなると、凍てついた畑道にきしむ車の響きだけがあとに残って、やがてその響きも、向うの杉木立の彼方に消えて行った。

四

ところでこの話には後日譚があるのである。というのは、つい先日、(四月下旬) 笹岡氏の奥さんが、思いたって生みたての卵を買いにわざわざ養鶏場まで行った時、奥さんはたしかに銀さんの家の井戸端で、銀さんの細君を見かけたというのである。人ちがいではないかと笹岡氏がただすと、いいえ、わたしの姿が目にとまったら、急いで家の中にかけこんだから、確かにあれは銀さんのおかみさんが、きまり悪がった証拠だというのである。

そう云われてみれば、笹岡氏はいつか駅前のマーケットの中の飲屋で、ちらりと銀さんらしい姿を外から見かけたことがある。その時は、まさか下戸の銀さんがこんな場所にいるとは思わなかったから気にもしなかったが、やはりあれが銀さんだったのであろうか。銀さんはいつの間にか酒の醍醐味を覚えるし、おかみさんも前非をくいて、後妻の来ぬうちに大急ぎで元の枝に戻ってきたのであろうか。それならそれもまた結構なことだと笹岡氏は思っているが、しかしまだ正真正銘確実なところは、たしかめる機会がないままである。

新婚当時

一

　私は新婚前後、場所は大久保の、四畳半の借間にいたが、隣の四畳半には早稲田の法科の学生が下宿していた。

　かりに名前を加藤君ということにしておこう。

　この加藤君のところへ、時々、女の子が泊りに来た。が、燈台下暗しというのか、私は加藤君に女があるということを、長いこと知らなかった。

　或る夜ふけ、私が便所におりて行くと、ぱったり、私はせまい階段の途中で、彼女に出あった。彼女は顔をそむけるように、俯向けるようにした。が、私は下りだし、彼女は上りであったので、位置の関係上、一瞬ではあったが、私は彼女の容貌を知ることができたのである。

それに彼女は、私には見覚えのある加藤君の井桁模様の浴衣に赤い細紐一本巻いていたので、私はすぐにこの彼女は、加藤君のところへ泊りに来ているのだと、察することができた。いや、寝巻の模様の如何にかかわらず、その家には貸間は十二三あったけれど、家屋の構造上、その階段は、私と加藤君と二人だけが、つかうように出来ていたのである。

「コンバンワ。木井さん、まだ、おきていらっしゃる?」と間もなく廊下から加藤君が声をかけた。

「おきていますよ。どうぞ」と私は寝床の中から返事をした。

「あのね、すみません」と加藤君が襖をあけて中にはいると、立膝姿で云った。「すみませんけれど、炭があったら、少しかして下さい。お茶がのみたくなったんで……」

「炭? 炭ならそこの炭籠にありますから、持って行きなさい。それで足りなければ、下の物置にまだありますよ」

「じゃ、おかりします。明日の晩まで……」

加藤君は余分なことをしゃべるのを、さしひかえるかのように部屋を出た。

が、あくる日の晩、約束どおり、炭を返しに来た。

「昨日は、夜おそく、すみませんでした。何というのか、滅多やたらにコーヒーがのみたくなったもんですから」

加藤君は私の火鉢に手をかざした。

「それはそうでしょう。深夜のコーヒーの味は、また格別ですからなア。前に一杯、あとで一杯、更にまたもう一杯とのんでいると、しみじみとした愉しさが、五臓六腑にとろけて、いかに秋の夜が長いものとは云え、いつとは知らず東の空がほのぼのと白んでくるものですよ」

私は炭をつぎたしながら、年長者らしく云った。年長者と云っても、年はせいぜい七つか八つしか違わなかったのだが、その頃はそれでも大先輩らしく思われていたのである。

「いやあ、そう来られるだろうと思った。覚悟はできていますよ。炭をかりた関係上、何でも白状します」

加藤君は年にしては濃すぎる頤《あご》ひげの、青い剃りあとを、さも得意げに指先でこすりながら、待ちかまえた。

「では、訊きましょう。しかし、こう改まって訊問する段になると、こっちが照れるなア。僕は法律学には極めてうといんだから」

「かまいませんよ。木井さんが原稿をかく時のように、文学的にやって下さい」

「文学的？　そりゃ、なお困るが、じゃ、極めて常識的に訊問することにしましょう。いったい、彼女の住所はどこです？」

「東京市外、杉並町、高円寺です」

「では、氏名はしかしこれは保留することにして、年齢、つまり芳紀は、何歳です？」

「年は、大正三年生れの、当年とって十八歳になります」

「大正？　それはまた若いんだなあ。……それでは次に、職業をおききしましょう」

「職業は、新宿のMデパートの蝙蝠《こうもり》傘売場の売子です」

「では、そのデパートへ、あなたが蝙蝠傘を買いに行って、そこで恋愛が芽生えたという訳ですか」

「違います。デパートで恋愛などしたら、彼女は一ぺんに首になります。そもそものキッカケは、僕が高円寺の駅のプラットホームで彼女に手紙を手渡したのが、元です。そうしたらすぐに彼女から返事がきて、恋愛が進展して行ったという次第です」

「へえ。話にはきいたことがあるが、そんな芸当が本当にできるとは知らなかった。しかしそれは、一体いつごろのことです？」

「僕がここへ引っ越してくる前です。何しろ同じ高円寺にいては、彼女が親の手前、工合が悪いというもんですから、僕がここへ引っ越して来たようなわけです」

「じゃ、親には内証なんですか」

「むろんです。彼女には市電の運転手をしている許嫁《いいなずけ》があるんですよ。彼女はその結婚の支度金をつくるべく、いま一生懸命はたらいているんです。一方、僕の家は北海道の網元ですから、長男の僕は網元にふさわしい荒くれ女房をもらわなくてはならない運命にあるんです。ですから、僕も来年の三月には卒業ですから、来年の三月まではお互いに、お互いの将来を破損しない程度に、現在の関係状態を維持して行こうという契約ができているんです」

私は内心、啞然とした。どうもいまの若い学生《もの》のやることは納得ができない。この頃の言葉でいうなら、アプレゲールの実態を目の前にしたような心地であったが、そうかと云って、私には加藤君の品行を訓戒したりする権利もなければ、実力があるわけでもなかった。

ただ一つ困ったことが発生した。無名の貧乏詩人にすぎない私は、いつだって懐工合がさびしくない時はなかったので、その穴うめでもするかのように、私は新宿のMデパートに出かけていたのである。そこの二階の一隅に、お客のサービス用にタダでお茶をのます場所があったのである。そのお茶も、茶菓子こそつかないが、番茶のでがらしなどより、はるかに気のきいたものであった。

私はそこの椅子に腰かけて、お茶をのみながらぼんやり時間をすごすのが好きであったのだが、それができなくなったのである。

なぜなら、その喫茶室と蝙蝠傘売場は隣合せになっていて、私はいやでもそこに目が行かないわけにいかないのである。加藤君の彼女が、緑色《グリーン》の上っぱりを瀟洒に着込んで、自分はあたかも処女であるかのような初々しい素振りで客に応待している姿をみるのは、彼女の寝巻姿を知っているだけに、どうにも私には工合がわるかったのである。

二

私はこの世のたのしみを一つ奪われた結果になったが、しかしそのうち私も田舎から家内を迎えることにした。家内は明治生れで、二十を大分すぎていたが、それでも今時の不品行な大正生れの娘よりも、いくらかましであるかも知れないように、自ら自分をなぐさめた。

ところが、家内が来て、数日すぎた晩であった。

「あなた。ね、あなた」

と家内が私をゆりおこした。ねついたばかりの私が、しぶしぶ目をあけると、

「あなた、地震ですよ。外へ出なくてもいいですか」

と、田舎ものの家内はまっさおになっている気配なのである。

「え？　地震だって？」

と私はへんな気がして、ガラス戸にかけたカーテンの隙間から、外の様子をうかがうような目付をすると、なるほど、その時、私はカタ、カタ、カタ、と何かが揺れている音をきいた。

しかしどうも変なので、私は枕許のスタンドの灯をつけてみた。

するとその音は、家内が嫁入道具に持ってきた桐の簞笥のカンが、リズミカルに震動して

いるのであった。

「何だ、たいしたことはないよ」と私は云った。「この位の地震は東京では、しょっ中あるんだよ。この程度の地震であわてたりしてちゃ、東京ではくらせないよ。弱震、微震、――いや、こんなのは明日の新聞にも出やしないほどの、極めて軽度なやつなんだよ」

西も東もわからぬ、東京にでて来たばかりの家内に、私は地理学の一端を教授するつもりで、新郎らしくこういって、パチンとスタンドをひねると、家内もはじめて、安心したかのように、蒲団の中にもぐり込んだのである。

が、それから、数日すぎた晩のことであった。家内は銭湯に行った留守に、私がひとりで本を読んでいると、数日前と同じような、リズミカルな音が、箪笥のカンに発生した。

カタ、カタ、カタ、カタ、…………

カタ、カタ、カタ、カタ、…………

私は耳をすまして、しばらくその音をきいていたが、ハッと気づいた。というのは、さっき、廊下に足音がきこえて、私は家内が風呂から戻ったのかと思ったが、それは家内ではないとみえて、加藤君の部屋へ入って行ったような気配があったからである。本をよんでいたので、深くは気にとめなかったが、なんだかあの忍ぶような足音は、加藤君の彼女が逢いに来たのに違いないと、勘づいたのである。

「ハ、ハ、ハ」

と、私は笑いがこみあげるのを、あやうくこらえた。

話にはきいたことがあるが、私は実地に、その音をはじめてきいたのである。で、数日前には全然気がつかなかった、むずかしい――いや、別にむずかしくもない――数学の問題がとけた時のような愉快感が、胸にこみあげたのである。

私はその愉快感を家内につたえるべく、自分の彼女も早く帰ればいいような気がした。が、残念なことには、家内が戻ってきた時には、箪笥のカンはぴたりと鳴りやんでいたのである。

三

いずれにせよ、台所のない四畳半の一室では、夫婦生活に不便が多く、私たちは間もなく郊外の阿佐ヶ谷にアパートをみつけた。といっても、三、四ヶ月はかかったが、せっかく見つけ出したのに、そのアパートでもまた不便が生じた。

隣の室に、学生のような男が女と住んでいたからである。

そしてその男がしょっちゅう、昼となく夜となく、蓄音器をかけるのである。私は最初この男は音楽学校の生徒で音楽の自習をやっているのかと思ったが、その自習時間になると、女の方が「キャア」と叫んだり、「いや、いや、いや」と叫んだり、「いた、いた、いた」と叫んだりするのがきこえるのである。

向うでは隣室の迷惑になっては申訳がないと思って、蓄音器で芸術的にカムフラージしているのかも知れないけれど、きいている方ではたまったものではなかった。

そんな理由から、私たちは、折角転居したばかりなのに、また家さがしを始めねばならなかったのである。

今のように、住宅難ではなかったから、貸家札は掃いてすてるほど沢山あったが、そこには、また別の難関があるのである。だいいち、少くとも二三ヵ月分の敷金を用意しなければならない。

それから、それとは別に、その頃の家主は（今でもそうであるが）健全なる月給取を最も歓迎したので、その点を何とか糊塗しなければならない。

やっと、一と月がかりで、私たちは高円寺と阿佐ヶ谷の間の、省線（いまの国電）の線路わきに、小さな貸家を見つけだした。小さいといっても、六畳に四畳半に三畳の一戸建であるから、現在の都営住宅なんかより上等であったといっても、差支えはなかろう。

それに、家賃は十三円で、敷金はたった一つ、つまり前家賃で結構というのであった。

棄てる鬼あれば拾う鬼あり、といったような気分で、私たちは、家内の簞笥をリヤカーにつんで、引越を終った。丁度、そのあたりの郊外の原っぱには、点々と、白いこぶしの花が咲いたり、咲きかけたりしている頃であった。

そうして、私たち新夫婦は、生れて初めて家を持つことができたのであったが、入ってみると、家賃が安いだけのことはあって、住み心地が必ずしもよいとはいえないのであった。

さっき私は、その家が線路わきにあったといったが、それに相違はないけれど、あの辺は線路が土手のように高くなっているので、住んでみれば、線路わきというよりむしろ、ガード下と表現した方が、より真に近いのであった。

朝から晩まで、晩から夜更けまで、私たち新夫婦は、電車や汽車の轟音に、今にも轢き殺されるのではないかと思うような気持で、くらさねばならないのであった。

「これじゃア、十三円は高すぎるなあ。お前、ひとつ、大家さんに談判して、十円くらいにまけて貰ってこいよ」と私は家内に云ったりしたが、家内は談判に出かける心臓もなかった。

そのうち、しかしおかしなもので、だんだん電車の音も気にかからなくなってきた。尤も、それも程度問題ではあったが、そうして四五ヶ月すぎたある晩のことである。

夏のことだから、時刻は、暮れて間のない、八時半か九時頃であった。

「ウ、ウー、ウー、ウー」

という、へんな唸り声が、私の家の前の方から聞えた。

家と線路との間には、巾が四尺ばかりの道があった。

狭いながら杉並町道で、朝晩は勤めの行き帰りの通行人がかなりあった。

「酔っぱらいだな」

と、蚊帳《かや》の中で夕刊をよんでいた私は、そう直感した。

が、その酔っぱらいは、なかなか私の家の前を立ち去ろうとしないのである。出て行けば、藪蛇になるような、気がしたが、しかしまた、これも酒飲みのよしみであるかのような気がして、私は玄関にでてみた。

するると、その酔っぱらいは、相当泥酔しているとみえて、玄関先の道路の、その先の、線路下の草の上に仰向けに横になって、うううう、と唸っているのであった。

「おい、どしたんだ?」

と、私は声をかけた。が、返事はなかった。

「おい、苦しいのか。苦しければ、水をやろうか」

と、私はつづけて、声をかけた。

が、返事はなかった。

返事のないものは仕様がないので、私はこちらから、その男に近づいて行った。が、その男の顔をみた時、瞬間、私はハッとした。なぜなら、その男の顔が、――頤のあたりのくびれ工合が、――あまりにも加藤君に似ているように思われたからであった。が、加藤君は、数カ月前、三年間の学窓生活を終えて、いまはもう北海道に帰って、先祖代々の網元の若大将になっている筈であった。

が、それでも万一というような気がしたので、

「おい、君は加藤君か。違うね」

と、私は念をおしてみた。

が、返事はなかった。口のあたりに泡を吹いて、ただ、ウ、ウ、ウ、と唸っているばかりである。

薄暗のなかでみるその様子に、私は次の瞬間、ひょっとしたら、この男は汽車から揺り落されたのではないかと思いついた。酔って汽車にのって、ゲロをはきにデッキに出て、危うくそんな目にあいかけた経験が、私にもあったからである。

と、その時、ひとりの青年が、高円寺の駅の方角から来て、通りかかった。この奥の方の自分の家に、帰っているものに違いなかった。

「ちょっと、あんた」と、私はその青年に声をかけた。

「どうも、この男、汽車から振り落されたらしいんですよ。困ったですなア。あんた、すみませんが、そこの駐在所に一寸届けて来てくれませんか。僕はここで番をしていますから」

そのころ、その辺には、まだ巡査駐在所という、鄙《ひな》びたものが残っていたのである。

青年は私の申し入れを快くひきうけて、駐在所へ行ってくれた。その間、私は番をしていた。番をしていると、私は第一の発見者らしく、責任のようなものを感じた。それには、この男の住所氏名をきいておくのが、何より重要なことだと思って、何度か、耳に口をつけるようにして訊いてみたが、返事はなかった。

間もなく、時間にして凡そ十分ぐらい経った時、年寄りの巡査が鉄道医と一緒にやって来た。鉄道医は、懐中電燈をてらしながら、職業人の冷静さで、その男の身体をしらべ始めた。するとその男は黒いズボンをはいていたので、私は少しも気づかなかったが、その男の脚は、ズボンの中で完全に折れていたのであった。

医者が頭の方に手をやると、頭のてっぺん近くには、子供のコブシぐらいは悠に入りそうな大きな穴があいているのであった。

これでは、私がいくら力んで尋ねても、住所氏名が、答えられるわけはないのであった。

いつの間にか、十人ぐらいの人が、集まって、その中には本署の刑事もきていたが、間もなくその男は、鉄道のマークのはいった担架にのせられて、どこかへ運び去られて行ったのである。

私は素人目にも、この男はもう、助からないであろうと思った。でも、まだ息をしている証拠かのように、白服の駐在巡査が手に持って行った、その男の赤靴の一足が、印象的に頭にのこったのである。

四

あくる日私は、私がとっていた新聞の隅から隅まで目をとおしてみた。が、その男の記事はでていなかった。するとそれが、その男はひょっとしたら命びろいした証拠かのように思われた。

が、私は、何か不安でならなかった。一日中、気がおちつかないまま、夕方になって高円寺の町にでて、駅前のレイン・ボーという喫茶店に寄って、コーヒーをのみながら、数種の新聞に目をとおすと、やっとその中の時事新報にだけ昨夜の男の記事がでているのを見つけ出した。

それも極めて短い記事であったが、その男の住所は市外中野町、氏名は何某、年は二十何歳、自殺の原因は失恋であることを、私は知ることができたのである。

「やっぱり、自殺であったのか！」

と、私はひとりで舌打すると、私の胸には改めて、昨夜、老巡査が手にさげて帰った、赤靴の一足がくっきりと浮んだ。

というのは、その赤靴は、昨夜、老巡査が現場にやってきた時、――老巡査は、来るなり、私の家の玄関から云えば斜め右に当る、長目の三角形の空地の、その頂点にあたるところにある一本の槲《かしわ》の木の根本に行ったかと思うと、あっという間に、その靴をぶらさげて出てきたのであった。

それは、あとから考えると、よほど事情に通じたものでなければ、できない職業的な芸当であったのである。

云いかえるなら、以前にも、その槲の木の根元から、同じようなケースで、電車に飛びこんだものが何人かあったのに違いないのであった。

道理で、その時、十人ばかり人だかりはあったが、近所のものは誰ひとり出て来なかった理由も、私は読みとることができたのである。

そして又、私の借家が、家賃がたった十三円、敷金もわずか一つという、世間なみからすれば桁はずれに安い条件の理由も、察知することが出来たのである。

☆

で、察知するのはしたが、私の家でとっていた新聞にその記事がでなかったのをいいことに、私は家内にはそのことは内証にして、でも、内心ではなるべく早々にどこかに転居したいと思いながら、しかし結局それから二年近くの間を、へんに無気味な気持でその家ですごしたのである。

が、これもいまから云えば、二十四五年も昔の話で、最初の転居で別れたきり、私は加藤君の消息は知らないのである。

が、ついこの間のこと、私の家内が今年は銀婚式だなどと云い出したので、私もつられてあの時分のことを思い出したのに過ぎないのである。

しかし、考えてみると、あのころまだ学生だった加藤君にしたところで、ひょっとしたらその子供が、もう東京の大学に遊学していて、加藤君はその子供が、近頃世間にさわがれている、アプレや、太陽族にならなければいいがと、北海道の荒い海辺で、ひそかに心配しているか、わかったものではないのである。

初出一覧

I

カニの横ばい
串かつキッスの巻　「週刊文春」昭和三十五年一月四日号
サンキュー・ベリー・マッチ　「週刊文春」昭和三十五年一月十一日号
想像妊娠の巻　「週刊文春」昭和三十五年一月十八日号
銀線くらべの巻　「週刊文春」昭和三十五年一月二十五日号
同窓座談会　「週刊文春」昭和三十五年二月一日号
鼻かみ結婚　「週刊文春」昭和三十五年二月八日号
熱海温泉の潮風　「週刊文春」昭和三十五年二月十五日号
このヘソ一万五千円　「週刊文春」昭和三十五年二月二十二日号
キッス・タイム
青い情事　「週刊漫画ＴＩＭＥＳ」昭和三十五年十一月二日号
過ぎたるは　「週刊漫画ＴＩＭＥＳ」昭和三十五年十一月三十日号
キッスＳＯＳ！　「週刊漫画ＴＩＭＥＳ」昭和三十六年一月四日号
夜が悪いの　「週刊漫画ＴＩＭＥＳ」昭和三十六年二月十五日号

II

行水の盥　「笑の泉」昭和三十六年七月号
赤い酸漿　「笑の泉」昭和三十年九月号
一宿一飯　「笑の泉」昭和三十二年二月号
食堂車　「労働文化」昭和四十一年二月号
耳かき　「日本経済新聞」昭和三十八年一月三日朝刊
春先のゆううつ　「日本経済新聞」昭和三十二年三月二十四日夕刊

柿若葉　「芸術生活」昭和三十七年五月号
魔がさした男　「北海道新聞」昭和三十四年十月二十五日・日曜版
ボーナス異変　「日本経済新聞」昭和三十三年六月二十九日夕刊
春の湯たんぽ　「笑の泉」昭和三十七年六月号

Ⅲ

暢気な電報　「電信電話」昭和二十八年十一月号
志だけ五十年　「サンデー毎日」昭和二十八年新春特別号
酔覚の水　「笑の泉」昭和三十年六月号
新婚当時　「笑の泉」昭和三十一年九月号

＊本書は、木山捷平氏が戦後に執筆した小説から、単行本および全集未収録のものを集めた作品集です。コントと称して発表されたものも含まれています。
＊表記は、原則として発表時に従う方針を取りました。ただし、明らかな誤字や脱字を正したり、組版上の都合で省かれたと思われる句読点や改行を補った箇所があります。
＊今日では不適切とされる語句が見受けられますが、執筆当時の社会背景を尊重して、すべて原文どおりにしました。

（幻戯書房編集部）

木山捷平（きやましょうへい）小説家、詩人。明治三十七年三月二十六日、岡山県小田郡新山村（現笠岡市）に生まれる。旧制中学時代より詩歌を「文章倶楽部」などの雑誌に投稿、ガリ版刷りの同人誌も発行する。姫路師範学校を卒業後、兵庫県の小学校で教職に就くが、大正十四年、文学への志を捨てきれずに上京し、昭和四年に初の詩集『野』を自費出版。八年、同人誌「海豹」参加を機に小説を書きはじめ、「抑制の日」「河骨」が芥川賞の候補となる。十九年の暮、職を得て満洲の新京（現長春）に渡り、敗戦間際に応召、特攻部隊に配属されて九死に一生を得る。現地で難民生活を送り、二十一年夏にようやく帰国。郷里での疎開生活を経て、二十四年に再上京、小説を書き続けるものの不遇をかこったが、三十一年執筆の「耳学問」で脚光を浴び、以後は精力的に作品を発表。三十七年刊の『大陸の細道』では芸術選奨文部大臣賞を受賞する。四十三年八月二十三日、食道癌のため死去。享年六十四。主な作品に短篇「尋三の春」「氏神さま」「苦いお茶」「無門庵」「去年今年」、長篇「長春五馬路」などがある。

銀河叢書

暢《のん》気《き》な電《でん》報《ぽう》

二〇一六年二月十二日　第一刷発行

著　者　木山捷平
発行者　田尻　勉
発行所　幻戯書房
郵便番号一〇一－〇〇五二
東京都千代田区神田小川町三－十二
岩崎ビル二階
TEL　〇三（五二八三）三九三四
FAX　〇三（五二八三）三九三五
URL　http://www.genki-shobou.co.jp/

印刷・製本　精興社

ISBN978-4-86488-091-6　C0393

✿「銀河叢書」刊行にあたって

敗戦から七十年が過ぎ、その時を身に沁みて知る人びとは減じ、日々生み出される膨大な言葉も、すぐに消費されています。人も言葉も、忘れ去られるスピードが加速するなか、歴史に対して素直に向き合う姿勢が、疎かにされています。そこにあるのは、より近く、より速くという他者への不寛容で、遠くから確かめるゆとりも、想像するやさしさも削がれています。

長いものに巻かれていれば、思考を停止させていても、居心地はいいことでしょう。

しかし、その傲さを見抜き、伝えようとする者は、居場所を追われることになりかねません。

自由とは、他者との関係において現実のものとなります。

いろいろな個人の、さまざまな生のあり方を、社会へひろげてゆきたい。読者が素直になれる、そんな言葉を、ささやかながら後世へ継いでゆきたい。

星が光年を超えて地上を照らすように、時を経たいまだからこそ輝く言葉たち。そんな叡智の数々と未来の読者が出会い、見たこともない「星座」を描く——

銀河叢書は、これまで埋もれていた、文学的想像力を刺激する作品を精選、紹介してゆきます。

初書籍化となる作品、また新しい切り口による編集や、過去と現在をつなぐ媒介としての復刊を手がけ、愛蔵したくなる造本で刊行してゆきます。

既刊（税別）

小島信夫　『風の吹き抜ける部屋』　四三〇〇円
田中小実昌　『くりかえすけど』　三二〇〇円
舟橋聖一　『文藝的な自伝的な』　三八〇〇円
舟橋聖一　『谷崎潤一郎と好色論　日本文学の伝統』　三三〇〇円
島尾ミホ　『海嘯』　二八〇〇円
石川達三　『徴用日記その他』　三〇〇〇円
野坂昭如　『マスコミ漂流記』　二八〇〇円
串田孫一　『記憶の道草』　三九〇〇円
木山捷平　『行列の尻っ尾』　三八〇〇円
木山捷平　『暢気な電報』　三四〇〇円

……以下続刊

行列の尻っ尾　木山捷平

銀河叢書　酒を愛し、日常の些事を慈しみながら、文学に生涯を捧げた私小説家・木山捷平。住居や食べもののこと、古里への郷愁、旅の思い出、作家仲間との交遊、九死に一生を得た満洲での従軍体験……。強い反骨心を秘めつつ、庶民の機微を飄逸に綴った名随筆の数かずから、単行本・全集未収録の 89 篇を初集成。　3,800 円

「阿佐ヶ谷会」文学アルバム　青柳いづみこ・川本三郎 監修

そこには酒と将棋と文学があった——井伏鱒二、太宰治、木山捷平、上林曉ら中央線沿線に住んだ文士たちの交流の場として、戦前から戦後にかけ 30 年以上続いたこの会をめぐる文章、インタビュー、解説、文献目録などを徹底収録した初の資料集。堀江敏幸、大村彦次郎らの書き下ろしエッセイも収録。　3,800 円

ツェッペリン飛行船と黙想　上林 曉

喧騒なる環境の下に在つて、海底のやうな生活がしてみたいのだ——文学者としてのまなざし、生活者としてのぬくみ。同人誌時代の創作から晩年の随筆まで、新たに発見された未発表原稿を含む、貴重な全集未収録作品 125 篇を初めて一冊に。生誕 110 年を記念した“私小説家の肖像”。愛蔵版。　3,800 円

白昼のスカイスクレエパア　北園克衛モダン小説集

彼らはトオストにバタを塗って、角のところから平和に食べ始める。午前 12 時 3 分……戦前の前衛詩を牽引したモダニスニズム詩人にして、建築・デザイン・写真に精通したグラフィックの先駆者が、1930 年代に試みた〈エスプリ ヌウボオ〉の実験。書籍未収録 35 の短篇。愛蔵版。　3,700 円

恩地孝四郎——一つの伝記　池内 紀

版画、油彩、写真、フォトグラム、コラージュ、装幀、字体、詩……軍靴とどろくなかでも洒落た試みをつづけた抽象の先駆者は、ひとりひそかに「文明の旗」をなびかせていた。いまも色あせないその作品群と、時代を通してつづられた「温和な革新者」の初の評伝。図版 65 点。愛蔵版。　5,800 円

天馬漂泊　真鍋呉夫

いやはや生きる術のふらりと拙し——。敗戦後の狂瀾怒濤時代、盟友・檀一雄との交流を軸に、太宰治、五味康祐、保田與重郎らが躍動する、文学に渇した若き無頼の群像。当時の文芸誌、同人誌の息吹も伝える、文壇の青春の記録。表題作ほか 2 篇を収録する、著者生前最後の単行本。檀一雄生誕 100 年記念出版。　2,800 円